Dieses Buch ist den Bierbrauer*innen gewidmet

AF281682

Der Autor
Alfred Mey, geboren 1958 in Kiel, ist gelernter In-
formationselektroniker. Er war in der Fischerei, auf
einem Zerstörer bei der Marine, in Fabriken, einem
Callcenter, einer Bank, als Hausmann und im Krankenhaus tätig. Von ihm als Multimediafachkraft
sind Publikationen wie die Kieler Hafenrundfahrt,
ein Lernprogramm namens Skulpturenbau (CD-
ROM) sowie die Hafensatire *Sigi Seenot* (Comic) er-
schienen. Nebenberuflich ist er Kunstmaler und
Biertrinker. Auszeichnungen hierfür stehen noch
aus.

© 2023 Alfred Mey
Herstellung und Verlag:
BoD – Books on Demand, Norderstedt
ISBN: 9783758306723

Alfred Mey

Geschichten, die einer schrieb, bevor er mit dem Kopf gegen eine Wand rannte

Inhalt

Der Stau

Das Stauende kommt für ihn völlig überraschend. Gerd schafft es nicht mehr, das Handy aus der Hand zu legen, als er seinen Blick wieder nach vorne richtet. Erst recht schafft er es nicht, sich von seiner Frau zu verabschieden, mit der er gerade telefoniert. Einige zu lange Momente schaute er nach links zu den auf einem Parkplatz stehenden Wohnwagen, deren rot schimmernde Fenster bei jeder Vorbeifahrt seine Aufmerksamkeit erlangen. So zwei Mal in der Woche macht er hier Halt, um den Damen seine Aufwartung zu machen. Auch lässt er hier gerne ein paar Scheine extra für Schampus, obwohl die Familie das Geld viel nötiger hat. Seine Frau hat heute Geburtstag und er muss pünktlich zu Hause sein. Es kommt alles so plötzlich, dass er erst gar nicht den Fuß vom Gas nimmt. Trotzdem macht das Auto diesen abrupten Stopp. Innerhalb von nur einem halben Meter Wegstrecke schafft er es von 120 auf 0 Kilometer in der Stunde. Der LKW, auf den er prallt, ist kaum beschädigt. Doch die Länge von Gerds Vertreterkombi hat sich in einer hundertstel Sekunde halbiert. Nachdem sich der Staub etwas gelegt hat, nähern sich vorsichtig einige Unfallzeugen dem Geschehen. Auch die leichten Mädchen aus den Wohnwagen unterbrechen ihr Gewerbe und kommen auf die Unfallstelle zugelaufen. Eine von ihnen bemerkt laut: „Das ist doch Gerdi!" In diesem Moment schlägt Gerd, der zwischen zerfetztem Airbag und der Rückenlehne eingequetscht ist, ein Auge auf und stöhnt den Namen der Prostituierten: „Mona, Mona. Ich liebe dich!" Wie durch ein Wunder hat sein Handy den Crash überlebt und auch der Kontakt zu Gerds Frau, Gabriele, bleibt bestehen. In der Aufregung und im allgemeinen Durcheinander hört niemand Gabrieles fragende Schreie aus dem Handy: „Gerd, Gerd, was redest du da? Wer ist Mona? Was ist passiert? Melde dich doch!" Stattdessen übermittelt das Handymikrofon Gerds Mona-Gestammel. So richtig helfen kann oder will niemand dem eingequetschten Vertreter, vermutet seine Frau. Erst als die Feuerwehr mit der Rettungsschere eintrifft und ihn befreit, kann der Notarzt eine Infusion legen. Es ist aber bereits zu spät. Die Polizei hat die Unfallstelle abgesperrt, die Zeugen sind befragt worden und die leichten Mädchen haben sich schon länger in ihre Wohnwagen verzogen. Das Handy unter dem Sitz entdeckt niemand. Die Verbindung bleibt bis zum Eintreffen des Leichenwagens bestehen. Die Geburtstagskerze zum Abendessen wird Gerd diesmal nicht anzünden.

Gabriele ist gefasst, als die Polizeibeamten an der Tür stehen. „Ich weiß, warum sie hier sind", sagt sie. Die Polizisten sind etwas erstaunt und gleichzeitig froh, dass es ihnen Gabriele mit der Überbringung der furchtbaren Nachricht nicht so schwer macht.

Gerds Frau erstattet eine Anzeige. Sie ist davon überzeugt, ihr treusorgender Ehemann hätte mit schnellerer erster Hilfe gerettet werden können. Damit wird eine Obduktion des Verunfallten veranlasst. Das Obduktionsergebnis kann Gabrieles Anschuldigung jedoch nicht bestätigen.

Der Pathologe eröffnet der Ehefrau, dass ihr Mann so oder so nicht mehr lange zu leben gehabt hätte. Eine Leberzirrhose im fortgeschrittenen Zustand hätte ihn bald dahingerafft. Außerdem rät der Arzt der Frau, einen Aidstest zu machen.

In der Straßenbahn

-Ist hier noch frei?
Der Gefragte schaut sich um.
-Hier ist doch alles frei!
Warum setzen Sie sich ausgerechnet zu mir?
-Sie gefallen mir nicht!
-Warum?
-Fragen Sie doch die anderen!
-Wie? Ist doch keiner da!
-Ja, es ist keiner mehr da! Die sind eben schon alle fort!
-Wegen mir?

-Genau! Da würde ich mir langsam mal Gedanken machen, denn ich verlasse Sie auch gleich!
-Nein! Bleiben Sie!
-Ich mag Sie nicht! Und tschüss!

(Schaffnerdurchsage)
Station Landeskrankenhaus!

Der Spekulant

Das Haus befindet sich nah am Strand. Das Fenster des Wohnzimmers lässt einen unverbauten Blick auf das Meer zu. Doch heute ist irgendwie alles anders. Der Himmel ist grün und das Meer rosarot. Don Mc Acer schöpft trotzdem keinen Verdacht, als er auf der Couch aufwacht. Die PCs liefen die ganze Nacht. Auf den Monitoren sind jede Menge Kurven von den Börsen dieser Welt. Alle zeigen sie steil nach unten.
Obwohl er Rechtshänder ist, scheucht Don mit der linken Hand eine Fliege vom Glas Rotwein, welches er, wie immer, am Abend zum Frühstück nachlässt. Er ahnt zu diesem Zeitpunkt noch nicht, dass er sich in ein paar Stunden über seinen vollen Weinkeller ärgern wird. Don leert das Glas in einem Zug und schüttelt sich, als er an die ertrunkenen, herunter-

gespülten Fliegen denken muss. Bevor er seine Arbeit an den Computern wieder aufnimmt, gilt sein Gedanke oft diesen armen Kreaturen, die jetzt zusammen mit dem Rotwein seiner Magensäure ausgesetzt sind. Don verdient mit Spekulationen auf Aktien, Rohstoffen und neuerdings vermehrt Nahrungsmitteln wie Weizen und Reis eine Menge Geld. Er verschwendete keinen Gedanken daran, dass er es den Menschen in der dritten und vierten Welt durch sein Tun schwieriger machen würde, die Hand voll Reis zum Überleben zu verdienen. Für Don ist das dicke Bankkonto wichtig, damit er sich die teuersten Weine dieser Welt leisten kann. Aber Don wäre kein Spekulant, wenn er nicht mit steigenden Preisen seiner exquisiten Tropfen rechnen würde. Dachte er doch einmal an das harte Los der Ärmsten in dieser Welt, die durch ihn noch ärmer wurden, legte er sich einen zynischen Ablasshandel zurecht. Er ist der Meinung, dass die armen ertrunkenen Fliegen durch sein spekulatives Geschäft in dem guten Glas Wein zu einem angenehmeren Tod gekommen waren, als wären sie in einem Spinnennetz gelandet.

Sein schlechter Geschmack des Aufwachens ist jetzt durch den schalen Chateau Lafite Rothschild verschwunden. Sein Blick streicht über das rosarote Meer. Don stutzt. Nicht mit etwas Schlimmen rechnend, sondern eine Chance sehend, Kapital aus vielleicht explodierenden Ölinseln oder einer anderweitigen Katastrophe schlagen zu können. Er wendet den Blick den Monitoren zu. Einen langen Augenblick starrt er regungslos auf die weltweit fallenden Kurse. Er wird rot! Was ist bloß los? Kurz bedauert er schon seinen Ablasshandel. „Das passiert mir nicht noch einmal", denkt er sich ärgernd. Er wollte sich einen Angestellten zulegen, der zwar Geld kosten würde, aber ihn während einer Nachtschicht rechtzeitig warnen könnte. Er schaut weiter gebannt auf die fallenden Aktienkurse und revidiert seinen Gedanken, jemanden einzustellen. Er rechnet nach. Im Augenblick hat er nicht einmal mehr Kapital genug, um einen Angestellten zu bezahlen. Hilfe!

Flackernd verschwinden alle Börsenanzeigen von den Monitoren. Der Welthandel wird zum ersten Mal gänzlich ausgesetzt. „Verdammt!", schreit Don so laut er kann. Auf allen Bildschirmen flimmert jetzt ein Nachrichtensender. Eine aufgelöste Sprecherin verkündet mit tränenverschmiertem Gesicht: „Meine Damen und Herren, ich begrüße Sie zur letzten Ausgabe der Global News. Wie Sie inzwischen alle mitbekommen haben, wird in wenigen Stunden der nach dem General Reset benannte Komet das Leben auf der Erde bei einem fürchterlichen Zusammenstoß mit dieser auslöschen. Ein Entkommen wird es nicht geben. Gegenmaßnahmen sind in der Kürze der Zeit, die uns noch bleibt, unmöglich. Machen Sie sich die letzten Stunden so angenehm wie möglich. Sie haben nicht mehr viel Zeit. General Reset wird uns nach letzten Berechnungen in viereinhalb Stunden treffen. Ich sage nicht auf Wiedersehen. Ich sage, machen Sie es gut. Wir werden uns nicht wiedersehen."

Die Bildschirme flackern noch mal kurz, dann melden die Betriebssysteme „Verbindung unterbrochen - Beginn der Fehleranalyse". Don wankt dem Fenster entgegen. Das kann doch alles nicht wahr sein. Die PCs laufen nur noch über die Notstromversorgung, die er extra für weniger schlimme Fälle hatte einrichten lassen. Er öffnet die Terrassentür. Der Blick über das Meer lässt ihn erschaudern. Durch den neongrünen Himmel erscheint ein leuchtend gelber Feuerball, der aber nicht die Sonne ist. Vielleicht noch vier Stunden, denkt er. Die ganzen Bemühungen, mein Kapital zu erwirtschaften, waren umsonst. Alles löst sich in Luft auf. „Warum habe ich es durch mein Handeln so vielen schwer gemacht, die Hand voll Reis zu verdienen. Warum habe ich mitgeholfen, so viele Menschen arbeitslos und damit unglücklich werden zu lassen. Nachdenken hilft jetzt nicht. Es ist alles sinnlos geworden." Da fällt ihm sein Weinkeller ein. Es ist doch noch etwas vom Reichtum nachgeblieben. Der Keller ist dunkel, als er ihn betritt. Die

Notversorgung ist hier nicht angeschlossen. Aus dem Gedächtnis heraus bewegt er sich zum teuersten Regal. Er zieht eine verstaubte Flasche und geht wieder nach oben. Ein frisches Glas füllt er mit einem Chateau Mouton-Rothschild und hält das Glas gegen den leuchtenden Himmelskörper, der sich unaufhaltsam der Erde nähert. „Nicht einen Gesellschafter habe ich, mit dem ich die letzte Flasche genießen kann", denkt er traurig und wartet darauf, dass sich wenigstens einige Fliegen zu ihm gesellen. Er wartet vergebens. Die Fliegen hatten sich durch die offene Tür ins rosarote Meer gestürzt. Darum schüttet Don den roten Saft ohne Fleischeinlage die Kehle hinunter. Die zweite Flasche genauso. Seine Stimmung wird ausgelassen. Er lacht, singt und hüpft. „Schade, ich hätte den Wein beizeiten in besserer Gesellschaft, z. B. mit Freunden, trinken sollen. Habe ich überhaupt welche?", fragt er sich. „Egal, mit dem Wein habe ich mich echt verspekuliert." Statt mit ihm Gewinne gemacht oder ihn getrunken zu haben, holt ihn jetzt der General Reset. Don entkorkt eine dritte Flasche und folgt den Fliegen.

Der Untergang

Die Wogen glätten sich nur langsam. Die ein oder andere Monsterwelle bricht immer noch über die Schiffbrüchigen herein. Drei Passagiere, alle männlich, dümpeln an einem Stück Wrackholz klammernd im Ozean. Ihnen erscheint es als sicher, die einzigen Überlebenden des Schiffsunglücks zu sein. Sie waren keine Passagiere eines Kreuzfahrtschiffes oder einer Fähre, sondern fuhren mit einem Frachtschiff, das 10 Doppelkabinen für Passagiere anbot. Es ist für die Reedereien eine gute Zusatzeinnahme. Der Service ist nicht so gut wie auf einer echten Kreuzfahrt, aber die Kabinen sind großzügig, sauber und das Essen wird wie auf den großen Passagierschiffen von gelernten meist ostasiatischen Köchen zubereitet und schmeckt hervorragend.

Die letzte Mahlzeit der Treibenden war schon eine Weile her und aufgrund des starken Seegangs nicht sehr üppig. Hunger verspürt jedoch keiner der Treibenden. Allerdings stellt sich bei ihnen Durst ein, obwohl sie nicht verhindern können, dass gelegentlich ein Schluck Ozeanwasser in ihre Münder schwappt. Die Kräfte der drei Männer schwinden mit jeder Minute mehr. Das ändert sich auch nicht, als sich die Wolken auflösen und die Äquatorsonne die drei Köpfe antrocknet. Alle von ihnen wissen, dass es nicht mehr lange dauern wird, bis einer nach dem anderen versinken wird. Statt sich das *Vater Unser* zurechtzulegen, fragt der anscheinend älteste von ihnen seinen Nebenschwimmer: „Wie ist eigentlich deine Frau - entschuldigen Sie - Ihre Frau gestorben?" Der blonde, blauäugige Mann blinzelt gegen die Sonne, überlegt und gibt schließlich von sich: „Ich beobachtete meine Frau, als sie gerade mit dem Steuermann herummachte und so der Dampfer quer zur See steuerte. Ich strangulierte beide mit ihrem Büstenhalter. Wahrscheinlich schwebt sie mit dem Steuermann in einem Kilometer Tiefe an der Decke des Steuerhauses, so wie in einer Art Ozeanaquarium für Fische." Der Älteste nahm dies, ohne eine Miene zu verziehen zur Kenntnis. Dann stellt er dem anderen die gleiche Frage, woraufhin dieser antwortete: „Ich erwischte gerade meine Frau in der Koje mit dem Maschinisten, als das Schiff quer zur See steuerte und die Maschine ausfiel. Der Maschinist konnte das Ding natürlich nicht mehr anwerfen, weil er nicht im Maschinenraum war und ich ihm mit seinem Schraubenschlüssel einen gehörig über den Schädel zog. Ich schätze, er und meine Frau schwärmen jetzt mit den Sardinen um die Wette."

Jetzt wollen die Gefragten natürlich wissen, wie die Frau des Älteren das Zeitliche gesegnet hatte. Dieser hält mit seiner Antwort auch nicht hinter dem Bug. „Meine Frau starb bei der Geburt unseres ersten Enkels vor Aufregung. Ich war mit meiner neuen jungen Freundin an Bord. Es ist - war unsere erste gemeinsame Reise. Ich erwischte sie nackt, nachdem das Schiff quer zur See steuerte, die Maschine ausfiel und die Ladung verrutschte mit dem Funker in einer Hängematte des Funkraumes. Ich verschnürte beide mit der Hängematte wie einen prallen Schleppsack voller Kabeljau. Es konnte also kein SOS gefunkt werden. Wenn sie jemals gefunden werden, wird es wohl ein großes Rätsel sein, wie sie Opfer eines Fischdampfers werden konnten."

Alle drei hatten also etwas zum Untergang des Schiffes beigetragen. Keiner hegt einen Groll gegenüber den anderen. Jeder denkt für sich, lass es mit uns schnell gehen. Die Bitte wird erhört. Mehrere Dreiecksflossen bewegen sich gezielt auf die Schiffbrüchigen zu.

Kontaktanzeige Chiffre 4245

Du hast mich neulich angelacht. Das lässt mir keine Ruhe. Es war Sonntag an der Strandpromenade. Es war noch ziemlich früh. So gegen halb neun. Du trugst ein rotes Kleid. Ich war der mit der Halbglatze und dem Bier in der Hand. Weil du so schmunzeltest, nahm ich erstmal vor Schreck einen langen Schluck aus der Flasche. Dann warst du schon fast außer Sichtweite. Ich versuchte, dir noch etwas hinterherzurufen. Leider ging das wegen einiger Rülpser nicht so schnell. Bitte melde dich. Ich würde dich gern wiedersehen. Vielleicht auf ein Käffchen? **Chiffre 4245**

Eine Patchworkfamilie

Ich finde es nicht schlimm, sich neben Hunden auch Kinder zu halten. Die sind ja so anspruchslos. Das harmoniert recht gut und funktioniert meistens problemlos. Es muss aber nicht gleich eine ganze Kinderschar sein, die neben den Rottweilern und den anderen Hunderassen gehalten wird. Deshalb habe ich nur zwei bis drei von jeder Sorte. Das ist schon ok. Auslauf brauchen alle und die jungen Zweibeiner bekommt man auch erzogen bzw. sie sind auch irgendwann stubenrein. Wer glaubt, dass Kinder zu viel Arbeit machen, der täuscht sich ganz gewaltig und ich rate jedem, sich welche anzuschaffen. Wenn sie klein sind, bringt man sie in den Kindergarten. Das ist eine total entspannte Zeit. Danach kommt die Schule. Naja, die Hausaufgaben machen meiner Meinung nach wenig Sinn. Dabei bleibt, äh, nicht viel hängen. Also kann ich mich währenddessen um die Hunde kümmern. Fernsehen, Internet, Chips und die üblichen Spielekonsolen sind außerdem gute Hilfsmittel, um mehr Zeit für die Rotties zu haben. Denn ich brauche besonders viel Zeit am Tag für ihre Gebisspflege. Mir hat mal einer erzählt, er hätte Probleme mit seinem Kind. Verstehen konnte ich ihn nicht. Er kam doch so gut mit seinen Reptilien aus und hatte sogar ein Terrarium! Oder war es ein Aquarium? Ich weiß das jetzt nicht mehr so genau, egal. Auf jeden Fall läuft das mit Hunden und Kindern gut. Selbst zum Kindergeburtstag, als mein Nachbar mit den Bullterriern kam, musste ich nicht eingreifen. Oder doch! Einmal war ein Verbiss unter den Kindern. Das war jedoch nicht der Rede wert. Und wenn's mal wirklich nicht mehr weiter geht: Hasso fass!!!

Geigenstunde

Die Tochter geigt
Der Vater schreit
Nach Ruhe!
Die Wohnung ist zu klein
Er kann hier nicht mehr sein
Er wartet noch
Die Tochter schreit
Vergeigt!
Noch mal!
Jetzt hält ihn nichts
Er verflüchtigt sich
Sein Asyl ist der Tresen
Wie jeden Tag zur Geigenstund'
Auf dem Hocker ein paar Halbe
Außer Sonntag
Da ist Konzert
Benefizkonzert

Wieder heller

Ehemann: Puh, Weihnachten haben wir wieder überstanden. Hatten wir letztes Jahr auch so gutes Wetter?

Ehefrau: Ja, ich erinnere mich. Da regnete es genauso wie dieses Mal. Unter dem grünen Baum feiert es sich mit Regen sowieso besser und dass wir die Kinder immer zum Fest bei Oma und Opa loswerden, ist echt der Hit.

Er: Genau, da haben wir es mal wieder richtig ruhig gehabt ohne die Quälgeister. Außerdem mögen die nie die Platten von Led Zeppelin hören.

Sie: Stimmt, wir sollen dann ‚O Tannenbaum‘ usw. spielen. Völlig unfetzig. Und die vielen Geschenke, die die immer haben wollen.

Er: Morgen ist zum Glück Silvester.

Sie: Es ist schon wieder zu merken.

Er: Was ist schon wieder zu merken, dass die Kinder wieder da sind?

Sie: Sind die schon wieder da?

Er: Ich glaube ja!

Sie: Ich guck mal lieber gleich nach. Nein, ich meine es ist zu merken, dass es wieder heller wird. Das haben die im Radio auch schon gesagt.

Er: Echt!

Sie: Morgens nicht. Da liegen wir noch im Bett. Aber abends.

Er: Dürfen die Kinder mit uns knallen, wenn sie da sind?

Sie: Ok, aber dieses Mal für sie keinen Alkohol!

Er: Na gut. Nun guck mal endlich, ob sie wieder da sind.

Ich

Ich brauche keinen Freund
Ich habe ja mich
Ich brauche keinen Partner
Ich habe ja mich
Ich brauche keine Gesellschaft
Ich habe ja mich
Ich brauche auch keinen Dackel
Ich habe ja mich
Merke!
Wenn du keinen mehr hast,
Dann hast du immer noch dich!

Beinahe Broken Heart

Ihm geht es schlecht, richtig schlecht. Besonders heute platzt ihm beinahe der Kopf. Thomas fühlt sich einsam und das schon sehr lange. Er weiß nicht genau, warum er keinen Kontakt zu Frauen findet. Dabei hätte er alles versucht in seinen über 50 Lebensjahren, so meint er es jedenfalls. Durch Zufall ergab sich nichts. Es liegt wohl ein wenig an seinem Aussehen, vermutet er. Seine Mutter, die schon als Kind zu ihm sagte, dass er ein hässlicher Knilch sei, hatte wahrscheinlich nicht Unrecht damit. Diese Boshaftigkeit verdrängte er so gut es ging. Wenn er dann aber allein in der Disco in der Ecke stand und andere über ihn lachten, tauchte dieser Spruch wieder in seinem Kopf auf. Der Zufall wollte es also nicht, dass er eine Frau fürs Leben kennenlernen sollte und so kam er einem Broken-Heart-Syndrom immer näher. Ein Bekannter, dem er sich anvertraut hatte, riet ihm, sich einen Hund anzuschaffen. Dann würde er als Herrchen sicher mit einem Frauchen ins Gespräch kommen. Thomas befolgte den Rat und holte sich einen Hund aus dem Tierheim. Leider zerfetzte der Bullterrier beim ersten Spaziergang den Dackel einer Nachbarin. Damit fiel diese Option des Kennenlernens aus. Er selbst brauchte lange, um sich von diesem Vorfall zu erholen, denn er war ein sehr sensibler Mensch. Es dauerte, bis er zwei weitere ernsthafte Versuche unternahm. Es sollten auch die letzten sein. Zunächst schrieb er einen Liebesbrief an Penelope Cruz. Die mochte er nämlich sehr. Thomas bat im Brief um ein Date. Leider bekam er keine Antwort. Wahrscheinlich konnte sie kein Deutsch lesen. Eine andere Möglichkeit kam für ihn nicht in Betracht. So viel Selbstvertrauen hatte er noch. Den zweiten Brief schickte er an eine blonde Alternative. Der ging nämlich an Lady Gaga. Der Inhalt des Briefes war dem des ersten ähnlich, bis darauf, dass er abschließend um die Hand der Künstlerin bat. Auch dieses Mal bekam er keine Antwort, obwohl der Brief in Englisch verfasst war und er sicherheitshalber kein Bild von sich beilegte. Ja, Thomas hatte viel versucht, um jemand fürs Leben kennenzulernen und er hatte schon fast die Hoffnung aufgegeben, als er sie doch noch traf. Es geschah in einem Supermarkt. Er stand vor einem Regal, als er nach oben blickte und sie sah. Maria! Maria, nullkommasieben Liter Weinbrand Mariacron. Er griff sofort zu und sie gab ihm keinen Korb. Auch gestern nicht. Da nahm er sogar zwei Marias mit. Einmal 36% zu viel, weiß er jetzt und hält sich den fast explodierten Schädel.

Plöpp!

Es ist so leise, dass er sogar das Ticken seiner Uhr hört, die er gar nicht trägt, sondern die in einer Schublade des eichenen Wohnzimmerschrankes verstaut ist. Der Sonntagnachmittag scheint nicht enden zu wollen. Ihm ist langweilig. Obwohl er sich so auf das Wochenende gefreut hatte, sehnt er sich jetzt nach seiner Arbeit, die ihn morgen erwartet. Plöpp! Kurt nimmt einen langen Schluck aus der Bierflasche. Er hört, wie das Bier im Mund schäumt und es am Schluckknorpel vorbei durch den Hals strömt. Nach einem langen "Aahh!" drückt Kurt mit dem Daumen der rechten Hand den Bügelverschluss wieder in den Verschlusszustand. Er denkt an die vier Pumpen, die er morgen montieren muss, um das Tagessoll zu erfüllen. Das sollte eigentlich für den gelernten Schlosser möglich sein, doch Kurt lässt sich immer so leicht ablenken und kommt mit der vorgegebenen Zeit in die Bredouille. Das wirkt sich auch auf die Qualität seiner Arbeit aus. Der Meister wird dann schnell sauer, weil dieser sich vor dem Fertigungsleiter rechtfertigen muss. Plöpp! Der nächste lange Schluck leert die Flasche ganz. Die war schon handwarm. Kurt holt eine angenehm temperierte Flasche aus dem Kühlschrank. Plöpp! Eine Wohltat ist so ein frisches Bier. Wieder auf dem Sofa sitzend denkt Kurt an die

Pumpen, die er falsch zusammengebaut hatte, weil er mit einer Werksstudentin schäkerte. Er setzte Dichtungsringe falsch ein und musste daher die Pumpen auf eigene Kosten demontieren und wieder zusammenbauen. Das wäre alles nicht so schlimm, wenn Kurt nicht noch in der Probezeit wäre. Damit droht ihm der Meister laufend. Auf den Einwand, dass er der Firma ja keinen Schaden bereitet, wenn er die Pumpen auf eigene Kosten repariert, sagte der Meister: „Du kostest ja schon, wenn du hier sitzen darfst!" Plöpp! Die leeren Flaschen gehen in die Kiste zurück und werden durch neue ersetzt. Die nächste leert er in einem Zug. Kurt denkt über die anderen Fehler nach, die ihm passierten. Meistens kommt er mit der Zeit nicht hin. Darum legt er seine Armbanduhr am Wochenende weg, um nicht an den Zeitdruck erinnert zu werden. Langsam wandelt sich die Freude vor dem Montag in Nervosität. Plöpp! Die nächste Flasche wird geleert. Es macht Kurt jetzt nichts aus, dass die Flaschen nun Zimmertemperatur haben, da er versäumt hatte, den Kühlschrank nachzufüllen. Durch die sprudelnde Kohlensäure ist das Plöpp umso lauter, wenn der Bügelverschluss herumschnellt. Langsam wird es dunkel. Die Stille der Dämmerung wird durch Plöpps durchbrochen. Irgendwann legt Kurt die Füße hoch und schläft ein. Als er wieder aufwacht, ist es bereits zu spät, um pünktlich zur

Arbeit zu kommen. Er hat einen Brummschädel wie das berühmte Eckhaus. Heute hat es keinen Sinn und Dienstag ist ja auch noch ein Tag, denkt er sich. Außerdem ist die Werksstudentin nicht mehr da. Kurt lässt sich über die Telefonzentrale der Firma mit dem Meister verbinden: „Ja, Kurt hier. Ich kann heute leider nicht kommen. Ich habe Beschwerden, Meister!" Meister: „Welche Art Beschwerden hast du denn, Kurt?" „Schluckbeschwerden, Meister!" Kurt legt sich wieder hin und schläft bis zum Mittag
.

Eine Vierbeinerstudie

Eine Studie der Universität Pullerby in Schweden kam zu dem Ergebnis, dass Haustiere wie Hunde den Partner nur teilweise ersetzen können. Wer bisher glaubte, ein Vierbeiner mit wedelndem Schwanz, feuchter Schnauze und Geknurre könnte einen nörgelnden Partner voll ersetzen, hat sich schwer getäuscht. Das wurde in Pullerby wissenschaftlich belegt.

Die Forscher haben in langen Beobachtungen der mehrjährigen Studie festgestellt, dass der Vierbeiner zwar wie ein Partner auf dem Sofa schnarchen oder mal die Füße wärmen kann, doch echte Beleidigungen, die bis ins Mark gehen, die kriegt Bello nicht hin. Dem Frauchen oder Herrchen ab und zu mal ans Bein zu pinkeln, reicht dafür nicht als vollwertiger Ersatz. Auch, um sich nach einer echten Klopperei mit dem Partner in den Federn zu versöhnen, taugt der beste Freund des Menschen genauso nicht. Es sei denn: „Da ist noch etwas anderes im Spiel?", sagt der Leiter der Studie, Dr. Schnüffelson.

Enkeltrick

Das Telefon klingelt. Es steht keine Nummer auf dem Display. Als ob Norbert es vorhergeahnt hätte, dass jemand etwas Böses im Schilde führt, verstellt er seine Stimme. Er spricht langsam in einem hohen Ton in den Hörer, dass man ihm eine alte Oma abnimmt, obwohl er erst um die 40 Jahre alt ist.

Norbert: Jaaa, wer ist daaa?

Anrufer: Na, rate mal Oma, wer hier ist!

Norbert als Oma: Jaaa, das kannst ja nur duuu sein.

Anrufer: Ja, wer denn Oma?

Norbert als Oma: Das kann ja nur einer meiner Enkel sein. Ralf, Thomas oder Rüdiger.

Anrufer: Richtig Oma. Hier ist Rüdiger.

Norbert als Oma: Wusste ich doch, dass du das bist. Du bist ja auch schließlich mein Lieblingsenkel.

Anrufer: Das freut mich aber!

Norbert als Oma: Mit wie viel Geld kann ich dir denn diesmal aushelfen, Rüdiger?

Anrufer: Oh, du machst mir das ja leicht. Ich wollte gar nicht so schnell damit herauskommen. Es ist mir ein wenig peinlich, dich zu fragen, weil es dieses Mal etwas mehr ist.

Norbert als Oma: Das kann ich mir vorstellen. Hast du endlich die passende Eigentumswohnung in Berlin gefunden?

Anrufer: Ja, ja Oma. Eine echt schöne Wohnung. Leider ist Berlin teuer. Da brauche ich eine Menge Geld für die Anzahlung. Ich dachte so an 30000 Euro. Die brauche ich ziemlich schnell, denn sonst ist die Wohnung weg.

Norbert als Oma: Das ist doch viel zu wenig. Ich gebe dir 80000 Euro Rüdiger. Das ist ja eine gute Investition. Schön, wenn mein Enkel so früh an seine Zukunft denkt.

Anrufer: Du bist die beste Oma der Welt!

Norbert als Oma: Das will ich hoffen.

Anrufer: Es gibt nur ein Problem, Oma. Ich kann das Geld nicht selber abholen und nach einem Bankwechsel funktioniert mein Konto noch nicht so richtig. Daher schicke ich dir eine Freundin vorbei, der du das Geld geben kannst.

Norbert als Oma: Wieso hast du kein Auto, Rüdiger, sodass du selbst vorbeikommen kannst?

Anrufer: Oma, ich bin eben sehr sparsam. Das weißt du doch, Oma, und in Berlin ist es schwierig mit einem Auto.

Norbert als Oma: Also das kann ich nicht akzeptieren, dass mein Enkel ohne Auto dasteht. Ich glaube, ich schieße noch ein wenig Geld für ein Auto und eine Garage nach!

Anrufer: Oma, das würdest du machen? Ich bin völlig baff. Mit so viel Großzügigkeit hätte ich nicht im Leben gerechnet. Ein VW Polo wäre nicht schlecht.

Norbert als Oma: VW Polo, ist so ein Ding überhaupt sicher? Nein, ich möchte, dass du einen Benz fährst. Da bekommst du noch mal 50 Riesen. Dann kommst du aber auch das nächste Mal das Geld selbst abholen. Ist das in Ordnung?

Anrufer: Ja, ja, Oma. Ich bin sprachlos. Das nächste Mal komme ich selbst. Versprochen, Oma!

Norbert als Oma: Und wer kommt dieses Mal das Geld abholen?

Anrufer: Jennifer, eine gute Freundin von mir. Du kannst das Geld am besten unter deine Fußmatte legen. Dann brauchst du nicht vom Sofa aufstehen. Schaffst du es, das Geld bis morgen zu besorgen?

Norbert als Oma: Kein Problem, Rüdiger. Bis morgen. Allerdings ist es mir etwas unsicher, das Geld vor der Haustür unter die Fußmatte zu legen. Es ist besser, wenn ich es in Folie verpackt in meine Mülltonne lege. Die stinkt schön und da guckt kein Fremder rein.

Anrufer: Du bist genial Oma. Da wäre ich nicht draufgekommen. Meiner Bekannten macht es bestimmt nichts aus bei so viel Geld.

Norbert als Oma: Ich glaube, ich stecke deiner Freundin für die Bringdienste noch einen kleinen Goldbarren als Aufmerksamkeit in die Tonne. Da muss sie dann eben ein wenig wühlen. Sagst du ihr das?

Anrufer: Ja, ja, äh. Ich weiß gar nicht, was ich sagen soll.

Norbert als Oma: Eine Frage habe ich noch, Rüdiger. Wie heißt deine Mutter mit Vornamen?

Anrufer eingeschüchtert: Ähh, fällt mir jetzt gerade nicht ein.

Norbert als Oma: Dir fällt der Name deiner Mutter nicht ein? Du hast wohl Alzheimer im Endstadium. Hast du überhaupt einen Führerschein für den Benz?

Anrufer: Ja, ja, Oma natürlich.

Norbert als Oma: Wie kannst du dir bloß die ganzen Verkehrsschilder merken, wenn du nicht einmal den Vornamen deiner Mutter kennst?

Anrufer: Das geht schon Oma, das geht schon. Also morgen ist das Geld in der Mülltonne, ja.

Norbert als Oma: Jaaa, kleinen Moment noch. Mir kommt gerade der Name meiner Tochter auch nicht in den Sinn. Ich hatte da Hoffnung in dich gesetzt.

Anrufer: Siehst du Oma, das kann doch mal passieren, dass man etwas vergisst.

Norbert als Oma: Kann schon sein, Rüdiger. Ich überlege gerade, ob ich eine Tochter habe.

Anrufer: Doch, doch Oma, hast du. Sonst gäbe es mich nicht, deinen Lieblingsenkel Rüdiger, dem du immer so großzügig mit Geld aushilfst.

Norbert nicht als Oma, sondern mit Männerstimme: Wer verarscht hier eigentlich wen? Wir treffen uns morgen an der Mülltonne. Ich weiß nur nicht, ob ich dich in die Bio- oder Restmülltonne trete, mein lieber Rüdiger!

Anrufer: Man hört ihn kurz Luft holen, bevor der Hörer aus der Hand fällt. Es geht weiter mit einem Tut, Tut.

Das Gespräch ist beendet.

Wo warst du?

Opa, du warst doch Soldat. Wo warst du im Krieg?
Ich weiß es nicht mehr! Oder lass mich überlegen!
Ja, ich war in Polen und Sowjetrussland.
Was hast du da damals gemacht?
Das weiß ich doch jetzt nicht mehr!
Hast du auch Menschen totgeschossen?
Ich musste auch schießen!
Hast du welche getroffen?
Dann werde ich in den Jahren wohl auch mal einen
getroffen haben!
Und zu Hause? Haben die damals auch Nachbarn
abgeholt?
Davon habe ich nichts mitbekommen!
Hast du das, was damals passierte, gut gefunden?
Nein!
Warst du ein Nazi?
Nein, das war keiner von uns! Ganz bestimmt nicht!
Wir mussten eben mit den Wölfen heulen!
Onkel Adi wurde doch im Dezember 1944 geboren,
oder?
Ja, da liegst du richtig!
Da war doch der Krieg schon verloren, oder?
Da hast du gut in der Schule aufgepasst, mein
Junge!
Warum habt ihr denn Onkel Adi noch Adolf ge-
tauft? Das war doch echt nicht nötig, wenn der

Krieg schon verloren war und ihr keine Nazis gewe-
sen seid! Oder?
Stimmt! Aber da lief gerade die Ardennenoffensive!
Du hast doch nicht in der Schule aufgepasst!

No-Go

Die Oma geht
Dann fällt sie hin
Ich bleib sitzen und geh nicht hin
Denn mein Name ist No-Go

Wolken

Zwei Freunde spazieren am Ostseestrand.

Thomas zu Sebastian: Guck mal, Sebastian! Die Wolke! Sieht aus wie ein Atompilz!

Sebastian: Tatsächlich! Du, das sieht nicht nur so aus wie ein Atompilz, das ist einer!

Thomas: Ach! Guck, da, noch einer!

Sebastian: Jetzt mache ich mir richtig Sorgen!

Thomas: Wieso das denn?

Sebastian: Ich habe viel zu viel Schnaps eingekauft. Den kriegen wir gar nicht mehr ausgetrunken. Und das viele Bier erst.

Thomas: Stimmt, jetzt wird mir auch ein wenig mulmig.

Sebastian: Ja, richtige Spaßverderber sind die Wolken!

Thomas: Meinst du, das Oktoberfest könnte ausfallen?

Sebastian: Na, so schlimm wird es hoffentlich nicht kommen. Aber man weiß ja nie.

Thomas: Sieht doch ganz hübsch aus, eigentlich. Wer schmeißt denn so etwas überhaupt? Wer sind die Spielverderber?

Sebastian: Nun ist egal! Passiert ist passiert. Lass uns schnell nach Hause, bevor das Bier im Kühlschrank warm wird. Der Strom scheint schon ausgefallen zu sein. Die Sirenen heulen schon.

Thomas: Warmes Bier. Grrr. Schnell nach Hause.

Sebastian: Zum Glück haben wir noch ein paar

Büchsen Sardinen auf Vorrat. Dann können wir uns noch länger mit dem Restalkohol beschäftigen.

Thomas: Du meinst den Schnapsvorrat minimieren, bevor es zu Ende geht.

Sebastian: Ganz genau! Wir sollten noch erleben, eine optimale Bevorratungsmenge gehabt zu haben.

Thomas: Jetzt mache ich mir doch wieder Sorgen um das Oktoberfest.

Gefühle

Ich hab' so ein Gefühl,

da geht irgendwas in die Hose.

Wie meinst du das?

Das behalte ich lieber für mich!

Jetzt hast du mich aber neugierig gemacht!

Ich hätte über Gefühle nicht reden sollen.

Aber du hast doch noch gar nichts gesagt. Manchmal fühlt man sich besser, wenn man über seine Gefühle spricht.

Aber nicht über das Gefühl.

Versuch es doch einfach mal!

Jetzt ist schon zu spät.

Wieso?

Na, weil ich schon in die Hose gemacht habe!

Verschwunden

„Ich hole nur mal Zigaretten!", sagte mein Mann.

Von da an war er verschwunden!

Ich hätte gleich stutzig werden müssen.

Da konnte irgendetwas nicht stimmen.

Dieter war sein Leben lang Nichtraucher.

Ich rauche dafür wie ein Schlot.

Aber er?

Dieter fand meine Qualmerei nie gut.

Er brachte mir nie Zigaretten mit, obwohl er immer einkaufte.

Nicht einmal, wenn ich schwer krank war, hat er mir welche geholt.

Dann musste ich mich selbst zum Automaten schleppen.

Ich war oft krank.

Ich habe es nämlich mit der Lunge!

Über die vollen Aschenbecher beschwerte sich Dieter immer.

Es würde so stinken.

Ich rieche schon lange nichts mehr.

Morgens war er immer sauer wegen meines Hustens in der Nacht.

Damit er etwas Schlaf bekommen konnte, stand ich auf und dampfte erstmal eine... oder zwei.

Ja, und dann war er eines Tages weg!

Mein Mann.

Das letzte, was er zu mir sagte, war eine Lüge.
Das ist nicht schön!

Ein Traum

Er hatte sich *Sie* so lange für sich allein gewünscht.
Bis gestern konnte er sich diesen Wunsch nicht erfüllen. Nun hat er *Sie* und braucht zunächst nicht
einmal etwas für *Sie* zu bezahlen. Früher las er auf
Ihr den Kindern Geschichten vor, obwohl er dazu eigentlich gar keine Lust hatte. Zuerst saßen sie auf
seinem Schoß und später rechts und links neben
ihm. Wenn er auf *Ihr* ein Mittagsschläfchen machen
wollte, störten ihn regelmäßig seine Plagegeister.
Wenn er Glück hatte, konnte er von *Ihr* aus eine
Weile den Vögeln im Garten zuschauen. Das Glück
hatte er selten. Immer wieder wurde er hochge-
scheucht. Kannst du mal hier, kannst du mal da. Wie
das eben ist in einer Familie. Wenn die Kinder mal
weg waren und er es sich auf *Ihr* hätte bequem machen können, war *Sie* schon besetzt. Von ihr. Seiner
Frau. Lang lag sie da unter einer Plüschdecke. Deshalb einen Ehekrieg anfangen wollte er nicht. Er zog
sich in seinen Traum zurück, der sicherlich irgendwann einmal Realität werden würde. Auf harten
Küchenstühlen wartete er darauf, dass seine Frau

wach werden würde. Durch ein Rücken des Stuhls auf den Fliesen versuchte er es zu beschleunigen. Dann fauchte sie von *Ihr* aus, was das Zeug hielt. Doch er hatte seinen Traum und der würde irgendwann wahr werden. Die Kinder wurden groß und es kamen die Tage, an denen eines nach dem anderen auszog. Jetzt brauchte er sich nur noch mit seiner Frau abzustimmen, ob von *Ihr* aus Fußball oder eine Show im Fernsehen angesehen wurde. Meist wurde von *Ihr* aus dann die Show geguckt. Er fing danach an, vor die Tür zu gehen, schaute in die Sterne oder schlich um die Häuser. Es dauerte nicht viele Abende, bis er Gleichgesinnte traf, die auch keine Shows anguckten. Zunächst plauderte man noch auf dem Gehweg über dies und das, bevor es zurück zur Frau ging. Die hatte es sich auf *Ihr* mit angelegten Beinen bequem gemacht oder war bereits im Bett. Bald sollte er an den Abenden mit den Gleichgesinnten durch eine offene Tür gehen, die immer offenstand und an der sie schon so oft vorbeigegangen waren und aus der so viel Gelächter und manchmal richtiges Gejohle kam. Dass dort auch Fußball im Fernsehen lief, erleichterte den Schritt über die Türschwelle und das Abtauchen in schlechte Luft und Gesellschaft. Die harten Hocker am Tresen wurden durch das viele Bier weicher als die Küchenstühle. Durch ein paar weitere Schnäpse wurden sie sogar komfortabel. Der Heimweg war oft wegen der Schlangenlinien um einiges länger als der Hinweg. Wenn er dann endlich mit der zittrigen Hand den Schlüssel ins Schloss bekam und die Haustür öffnete, war es wie im Traum. Er konnte sich auf *Sie* legen und schnarchend seinen Rausch ausschlafen. Seine Frau, die allein die Nächte im Ehebett verbrachte, weckte ihn unfreundlich am Morgen. Mit schwerem Kater erhob er sich von *Ihr*. Zittrige Beine trugen ihn zur Arbeit. Bald kam er mit der Kündigung nach Hause. Seine Frau packte noch am gleichen Tag ihre Sachen und ließ das meiste von einem Umzugsunternehmen abholen. Die inzwischen durchgelegene, speckige Couch nahm sie nicht mit. Ein Lebenstraum geht für ihn in Erfüllung. Er hat eine eigene Couch. Nur für sich allein hat er *Sie*. Jetzt muss er nicht mehr abends fortgehen. Fußball und Mittagsschlaf ohne Gequake sind ihm vergönnt. Genial. Er findet bald wieder Arbeit und tauscht die verspeckte alte gegen eine neue Couch. Ein Traum wurde wahr. Eine neue eigene *Sie.*

Du hast...

Du hast eigentlich für dein Alter einen klaren Verstand!
Nur, dass du so viel vergisst
Du hast eigentlich für dein Alter schöne Beine
Nur die Krampfadern
Du hast eigentlich für dein Alter einen schönen Kopf
Nur die Haare fehlen
Du hast eigentlich für dein Alter noch fast alle Zähne
Nur die gelbbraune Farbe
Du hast eigentlich für dein Alter eine gute Figur
Nur der dicke Bierbauch
Du hast eigentlich für dein Alter eine schöne Haut
Nur diese Altersflecken und schwarzen Mitesser
Du hast...
Sag doch einfach, dass ich scheiße aussehe!
Du hast eigentlich für dein Alter einen klaren Verstand!

Schlaganfall?

Es war keine Sternschnuppe. Der Blitz ist in meinem Kopf. Filmriss! Ich liege auf dem Bauch. Oh Gott! Mein Schädel ist kurz vor dem Platzen! Hilfe, ein Mundwinkel hängt. Ich kann mich nicht umdrehen. Meine Arme scheinen wie gelähmt. Ich kann auch nicht richtig sprechen und lalle um Hilfe. Alles Restliche im Kopf fängt an zu rattern. Dann werde ich wieder fast bewusstlos und sehe nur noch Nebel. Ich komme wieder zu mir. Das ist es. Jetzt hat es mich erwischt! Ein Schlaganfall, shit! Hätte ich doch bloß gesünder gelebt. Das Rauchen hätte ich echt sein lassen können. Das schmeckte doch gar nicht. Mein Arzt hat mich immer ermahnt wegen des hohen Blutdrucks. Der wöchentliche Schweinebraten und der tägliche Liter Cola, teilweise sogar mit Rum veredelt, halfen bestimmt dabei, mich so dahinzuraffen. Auf das alles hätte ich verzichten können. Auch der direkte Gang zur Couch nach dem Braten. Hätte ich doch bloß meine 124 kg mehr bewegt. Ich habe alles mit dem Auto erledigt und bin keinen Schritt zu Fuß gegangen. Nicht einmal zum Bäcker um die Ecke, bei dem ich mir meine Torten abgeholt habe. Auf das alles hätte ich verzichten können für eine bessere Gesundheit. Hätte, hätte, hätte! Ja, und der Kasten Bier am Wochenende. Nein, da verhandele ich nicht mit mir. Das geht gar nicht.

Irgendein Laster muss der Mensch schließlich haben dürfen. Ich höre Fliegen. Sie kreisen um meinen dicken Kopf. Vermuten die schon mein Ende? Ich nehme alle Kraft zusammen und schreie um Hilfe. Ein Zucken geht durch meinen Körper und hebt mich einige Zentimeter von der Matratze hoch. Ich reiße meine Augen auf. Die gelbgoldene Sonne knallt mir durch die Gardine ins Gesicht. Ich habe Staub in meinem Mund. Egal, einen Moment lang bin ich glücklich. Die Arme kann ich bewegen. Es war alles nur ein schlechter Traum. Die Hand schiebt den vollen Aschenbecher am Nachttisch beiseite und langt zur Kunststoff-Colaflasche, in der noch ein kleiner Rest warmer Mischung ist. So richtig gut schmeckt das auch nicht. Ich werde mein Leben ändern. Aber erstmal hole ich mir neue Blutdrucksenker!

Arbeitslos!?

Wieso das denn!?
Ich biete:
60 Stunden Arbeit
in der Woche
Gutes Betriebsklima
Betriebsfest (jährlich)
Bezahlung möglich
Bewerbung mit den üblichen Unterlagen an

Chiffre Z 87372

Eine Bewerbung

Ich bin der Beste, der beste
Schnacker im ganzen Land
Ich bin der Tollste, der tollste
Spinner an der Waterkant
Ich bin der Genialste, der genialste
Lügner
Kann ich es bei Ihnen mal versuchen?
Wenigstens als Pressesprecher

Frauke Carola

Frauke Carola Hinrichsen ist seit dreizehn Jahren bettlägerig. Dies wurde verursacht durch irgendeine Krankheit, die nie einen Namen bekam. Ihre Beine ließen Frau Hinrichsen von heute auf morgen im Stich. Alle ärztliche Kunst vermochte nicht, die Dame wieder auf die Beine zu bringen. Frau Hinrichsen, sie will immer nur mit ihrem ersten Vornamen angesprochen werden, ist keine alte Dame. Dreiundvierzig Jahre alt ist sie im vorigen Monat geworden. Als damals die Beine ihren Dienst versagten, befand sie sich gerade in einem Möbelhaus und hatte eine neue Couch plus Sessel bestellt. Auf dem Weg in die Bettenabteilung machte sie vor einem traumhaften, rollbaren Himmelbett halt, als es passierte. Sie fiel zunächst auf die Knie, dann mit dem Körper seitlich auf den Boden. Der Flor der Auslegware federte den Sturz so gut ab, dass Frauke eine Gesichtsverletzung erspart blieb. Jedoch durchzuckte es sie noch einmal kräftig, als sich ihre zu Berge stehenden Haare mit einem Blitz gegen den Teppich entluden. Aufgeschreckte Kunden und Verkäufer eilten Frauke zur Hilfe und versuchten, sie auf die Beine zu bringen. Es half nicht. Fraukes Beine knickten immer wieder zusammen. Schließlich legte man sie in das Himmelbett und rollte sie in Richtung Auslieferungszone, wo bald mit Blaulicht der Rettungswagen eintraf. Es folgte der übliche Vorgang, der eben üblicherweise abläuft bei Schwerkranken. Notaufnahme, Verlegung auf Station, Untersuchungsmarathon. Das alles war jedoch vergeblich. Kein Arzt fand die genaue Ursache für Fraukes Leiden. Es war wohl eine Art Hirntod für die Beine, weshalb Frauke als hoffnungsloser Fall galt. Frauke weigerte sich, sich in einen Rollstuhl zu setzen. Sie bevorzugte dauerhaft die Waagerechte. Da sie recht wohlhabend ist, konnte sie schnell einen guten Pflegedienst finden. Der beschaffte auf ihren Wunsch das rollbare Himmelbett, vor dem Frauke zusammengebrochen war.

Das Himmelbett passt großartig in die geräumige Wohnung. Wenn das Wetter gut ist, lässt sich Frauke vom Pflegedienst auf den Balkon schieben. Hier genießt sie schöne Stunden. An einigen lauschigen Sommerabenden grillen hier sogar Mitarbeiter des Pflegedienstes für Frauke. Das Pflegepersonal kommt gerne, denn es fließt hier guter Wein in Strömen. Die Würstchen werden Frauke wie im Schlaraffenland in den Mund befördert. Bis darauf, dass sie nicht gehen kann, fehlt Frauke eigentlich nichts, um zufrieden zu sein. Wenn es ihr mal besonders gut gehen soll, ordert sie sich ein paar kräftige Männer, die sie durch die Straßen der Stadt rollen. Dieses ist ohne Weiteres möglich, da es im Haus einen großen Fahrstuhl gibt. Das rosa

Himmelbett ist in den Straßen der Stadt zu einer Attraktion geworden. Sogar ein Kamerateam des Regionalfernsehens verfolgte sie schon und abends amüsierte sich Frauke über die Berichte im Fernsehen. Frauke bläst trotz ihrer Behinderung kein Trübsal und hat ihren Spaß. Einen Papagei mit dem Namen Lora hält sie sich zur ständigen Gesellschaft. Dieser ist sehr sprachbegabt und lässt in Richtung Pflegedienst einige Kommandos los, die Frauke ihm in langen Stunden vorgeplappert hat. Ziemlich genervt sind die Pfleger vor allem dann, wenn der Papagei Lora bei Fraukes Körperpflege die eintrainierten Sprechblasen in den Raum ruft: „Dekubitus, Dekubitus, man auch mal Frauke drehen muss!" Zudem empfinden sie Loras Gesang zu „Rolling Home" als besonders anstrengend, wenn das Himmelbett von einem Ausflug in die Wohnung zurückbefördert wird.

Nach den vielen Jahren kommt der Tag, an dem sich Frauke von ihrem Auto trennen will. Seit dem Vorfall im Möbelhaus war ihr Sportwagen in der Tiefgarage nicht mehr bewegt worden. Das Auto steht ohne Nummernschilder und mit platten Reifen direkt gegenüber der Fahrstuhltür. Schon oft wurde sie von Autoliebhabern gefragt, ob sie den Zweisitzer nicht verkaufen wolle. Das Fahrzeug war inzwischen ein gefragter Oldtimer und in einem super

Zustand. Der Wert des Fahrzeuges war seitdem eher gestiegen als gefallen. Immer hatte Frauke von einem Verkauf abgesehen. Jetzt aber, als die Garage renoviert werden muss und alle Fahrzeuge für eine geraume Zeit einen anderen Abstellplatz benötigen, gibt sie dem Drängen eines Interessenten nach. Zwei Pfleger rollen sie im rosa Himmelbett in den Fahrstuhl, der bis in die Tiefgarage fährt. Der Oldtimer steht direkt gegenüber der Fahrstuhltür, sodass Frauke nicht mehr weit geschoben werden muss, um einen letzten Blick auf ihr geliebtes Auto zu werfen, während dieses von einem Abschleppdienst verladen wird. Jetzt ist sie ihren treuen Wegbegleiter der vergangenen Jahre los. Das Fahrzeug fuhr Frauke zur Arbeit, zum Brötchen holen, zum Einkaufen, in den Urlaub, zum Theater oder sonst wohin. Immer konnte Frauke sich auf ihren Wagen verlassen und ihre Beinarbeit vernachlässigen. Das komplette Autoleben von Frauke rast wie im Film vor ihrem geistigen Auge ab. Sie fährt noch einmal mit 240 Sachen über die Autobahn, erlebt diverse Blechschäden, wird von Radarfallen geblitzt und streitet sich mit anderen Automobilisten um freie Parkplätze vor ihrem Lieblingsbäcker. Durch Fraukes Körper, einschließlich der Beine, schießt eine plötzliche Wärme, sodass ihr im rosa Himmelbett kurz unwohl wird und sie die Pfleger anweist, sie schnellstens nach oben zu befördern. Da das

Trinkgeld für die Pfleger am höchsten ausfällt, wenn die Anweisungen unverzüglich umgesetzt werden, rasen sie mit dem Bett über den Flur. In der letzten Ecke vor Fraukes Wohnung blockieren vermutlich aufgrund der hohen Geschwindigkeit oder der Altersschwäche die Lager der Bettrollen. Sie springen aus ihren Halterungen und verkanten sich so, dass die Pfleger das Bett nur mit aller Gewalt in Fraukes Wohnung zerren können. Die blockierten Räder des Bettes lassen Bremsspuren auf dem Parkettboden zurück. Das Lebensende der Betträder ist erreicht. Frauke ist innerhalb weniger Minuten ohne fahrbaren Untersatz.

In dem Moment, in dem das Leben der Fahrzeuge ausgehaucht war, wird Fraukes Unwohlsein durch die durchströmende Wärme von einem Wohlbefinden abgelöst. Die beiden Pfleger, die sich kniend um die defekten Bettrollen kümmern wollen, bekommen von dieser Wandlung nichts mit. Erst als Frauke noch etwas wacklig auf den Beinen stehend den Pflegern frei gibt und ihnen beim Verlassen der Wohnung zu verstehen gibt, dass sie nicht mehr wieder kommen sollen, bemerken sie das Wunder. Ärzte, die Frauke untersuchen wollen, um das Phänomen aufzuklären, lässt Frauke nicht mehr an sich heran. Die Denkansätze der Mediziner für eine Erklärung gehen in die Richtung, dass in der Psyche der Patientin irgendetwas ausgehakt war, was durch den Fahrzeugverlust und die Rollenblockade wieder eingerenkt wurde. Nachbarn tuscheln hinter vorgehaltener Hand, dass alles nur Faulheit war. Frauke Carola Hinrichsen interessiert es nicht, was die Leute über sie denken. Sie genießt ihre neuen Freiheiten in vollen Zügen, schlendert an Schaufenstern vorbei, geht wieder zur Arbeit, macht Wanderurlaub und holt morgens ihre Brötchen zu Fuß. Da sie sich kein neues Fahrzeug anschafft, nimmt Frauke ein Taxi, wenn es nötig ist.

Traumfrau

Es ist mehr als ein viertel Jahrhundert her, dass David noch ein gutaussehender Mann war. Die Mädchen umschwärmten ihn. Er ließ sich jedoch nur ganz selten auf ein kurzes Abenteuer ein. David hatte damals Angst vor einer zu frühen festen Bindung. Darum ließ er viele gute Gelegenheiten für eine Beziehung mit einer Frau aus. Das brachte ihn bei einigen in den Verdacht, schwul oder bisexuell zu sein. Das war David aber nun ganz und gar nicht. Es war ihm auch egal, was andere denken. Er hatte eben seine spezielle Vorstellung von einer Frau, mit der er das Leben verbringen wollte. Die Vorstellung, wie diese Frau auszusehen hätte, verriet David niemanden, da er Angst hatte, man würde ihm ein paar Stunden bei einem Psychiater empfehlen. Dass seine Zukünftige rote lange Haare haben, schlank und einen Kopf größer sein sollte als er selbst, wäre noch nicht verdächtig gewesen. Die weiteren Bedingungen von guter naturbrauner, tadelloser Haut und leichten O-Beinen, wie nach einem zu langen Kamelritt, brächten ihn schon nahe an eine Einlieferung. Tatsächlich, man mag es kaum glauben, hatte er so eine Frau schon an der Angel. Sie besaß sogar den geforderten Führerschein, um David, wenn er zu viel getrunken hat, nach Hause zu fahren. Er entschied sich allerdings gegen diese fast perfekte Wunschfrau, da sie für David eine letzte Bedingung nicht erfüllte. Die Lücke zwischen den Schneidezähnen, die er sich so sehr wünschte, fehlte.

Dass David einer für ihn nahezu idealen Frau nicht so schnell ein zweites Mal im Leben begegnen wird, kann sich jeder denken.

Was ist jetzt aus David mehr als 25 Jahre später geworden?

David fährt in seinem VW von einer Feier nach Hause. Es ist schon spät und dunkel. Neben ihm sitzt schlafend seine Ehefrau. Ihre Füße reichen knapp zum Autoboden, genauso knapp reicht der Gurt, um sie festzuschnallen. Der Kopf lehnt fast an der Scheibe und ein Schlagloch unterbricht ihr Schnarchen. Dafür knirscht sie mit den Zähnen weiter. David schaut auf sie nach rechts herunter. Die ergrauten kurzen Haare leuchten, als er unter einer Laterne hindurchfährt. Etwas Speichel läuft aus ihrem Mundwinkel. Seine Frau ist, kurz gesagt, völlig betrunken. Eigentlich wollte ich immer bei der Rücktour auf dem Beifahrersitz sitzen. So spielt das Leben.

Ein Familienhaus

Heinz-Günther (weiter nur HG genannt) wohnt noch nicht lange in dem Einhundertachtundzwanzigfamilienhaus am Rand der Großstadt. Es ist ein Haus, welches so typisch für eine Trabantenstadt ist. Nicht ganz freiwillig zog HG vor achteinhalb Monaten hier in den fünften Stock des Plattenbaus ein. Was heißt schon nicht ganz freiwillig. Er musste sich eine neue günstige Bleibe suchen, weil seine hochspekulativen Aktien nach dem Börsencrash praktisch wertlos geworden waren. Vor einem Jahr wollte er nach dem Verkauf der Papiere die Restschuld für den Kredit seines hübschen Einfamilienhauses tilgen. Die bereits zuvor ausgezahlte Lebensversicherung steckte er in eine bombensichere Schiffsbeteiligung. Leider wurde das Containerschiff nach kurzer Zeit mangels Auslastung an die Kette gelegt. Die kleine Rente, die er bekam, reichte der Bank nicht für eine Anschlussfinanzierung und sie ordnete die Zwangsversteigerung des Hauses an. Vorbei war es mit der Idylle auf dem achthundert Quadratmeter großen Grundstück mit Goldfischteich und gelb geklinkertem Walmdachhaus, auf das HG immer so stolz war. Seine Frau Ruth grämte sich so sehr, auch über den bevorstehenden Verlust der gesamten geliebten Inneneinrichtung, inklusive der gepflegten Gardinen, dass sie in kürzester Zeit schwer erkrankte und verstarb. Mithilfe einer eisernen Reserve konnte HG Ruth gerade noch ein halbwegs anständiges Begräbnis ausrichten. Mit dem Verkauf von Ruths geliebtem Mobiliar erlöste er nur so viel Geld, dass er die Mietsicherheit für die Anderthalbzimmerwohnung im Block aufbringen konnte. HG musste feststellen, dass man heutzutage aufgrund der hohen Nebenkosten auch nicht einmal in einem Plattenbau billig wohnen kann. Daher beschwert er sich nicht beim Hausmeister, wenn er wieder einmal wegen des defekten Fahrstuhls die Treppen benutzen muss oder das Kunststoffklingelbrett von Rowdies abgefackelt wird. Er denkt sich: Schneller repariert bedeutet auch wieder schneller kaputt und letztendlich muss er die Reparaturen über die Miete refinanzieren. Außerdem, was nützt ihm ein intaktes Klingelbrett? HG bekommt sowieso keinen Besuch und der Zeitungsausträger - eine Zeitung leistet er sich noch - hat einen Haustürschlüssel. Wenn er nicht zu sehr die Heizung aufdreht, sollte es mit seiner Rente gerade so reichen, rechnete sich HG aus. Das gepfändete Auto muss er nicht mehr unterhalten und die kostspieligen Musical- und Theaterbesuche, die er mit Ruth gemacht hatte, kann er sich jetzt nicht einmal mehr allein leisten. Schnell merkte HG, dass er hier im Haus genug Theater hat. Alles, was er nicht hautnah in seinem Einfamilienhaus erleben durfte, z.B. wenn ein Betrunkener Frau und Kinder verprügelt oder ein Pärchen aufgrund fehlender erwerbsmäßiger Beschäftigung sich morgens, mittags, abends und in der Nacht lautstark liebt oder der Gerichtsvollzieher in Begleitung der Polizei beim Nachbarn gegenüber das Türschloss knacken lässt, darf HG jetzt hier erleben. Nicht am Fernseher, sondern richtig LIVE. Sein Widerwillen, hier hergezogen zu sein, ist völlig verschwunden. Den strengen Uringeruch im Treppenhaus nimmt er heute nicht mehr wahr, wenn er seine knappen Vorräte in Plastiktüten die Treppen hochschleppt und an der ein oder anderen demolierten Wohnungstür Halt macht, um zu lauschen und sich vorzustellen, was wohl heute noch in diesem Theater passieren wird. Und er ist sich sicher, dass heute, an diesem warmen Sommertag, noch etwas passieren wird. Aus der Geborgenheit seiner Wohnung wird er mit einer geöffneten Flasche Rotwein, die er nach und nach leeren wird, das bevorstehende Schauspiel verfolgen. Was wird wohl diesen Abend wieder abgehen? Er macht weder Radio noch Fernseher an, um kein Geräusch, das auf einen Akt des Schauspiels hindeuten könnte, zu versäumen. HG setzt sich in einen weißen Plastikgartenstuhl auf den Balkon. Der dazu passende Gartentisch, an dem er sitzt und der schon in seinem Garten stand, hat inzwischen viele Rotweinränder. Ruth hätte diese schon lange weggewischt und die leeren Flaschen weggeräumt. HG stören sie nicht. Er hat den Wohnblock gegenüber im Auge. Letzte Woche konnte er beobachten, wie ein Bewohner den gesamten Flaschenvorrat aus dem dritten Stock auf dem Plattenweg zerdepperte. Lange erleuchteten mehrere Blaulichter das Viertel und das letzte Geschrei der von der Polizei abgeführten Personen verstummte erst um halb vier Uhr morgens. Wie die anderen Bewohner holt HG den Schlaf am Tag nach, wenn das Liebespaar nicht gerade Langeweile hat. Gestern Abend spießte sich ein Jugendlicher in einer Buchenhecke einen Ast in den Bauch, als er mit seinem außer Kontrolle geratenen, frisierten Mofa in die grüne Hecke raste. HG beobachtete den Notarzt durch ein Fernglas, wie er den Verletzten versorgte. Auch gestern leuchtete es noch lange blau in die Dämmerung. Von Kindern erfuhr er nach dem Einkauf, dass der Jugendliche nicht mehr in Lebensgefahr sei. Doch was passiert heute? HG spürt, dass da noch etwas passieren wird. Die Grillen zirpen schon eine Weile und das letzte Glas der Flasche trinkt er bereits. Die Lichter in den Wohnungen sind größtenteils bereits angeschaltet. Sollte er sich getäuscht haben? Etwas ungeduldig rutscht er mit seinem Plastikstuhl auf dem Betonboden hin und her, was ein lautes Schaben verursacht. Die Ungeduld wechselt in eine Unzufriedenheit, als ob HG Eintritt in dieses Theater bezahlt hätte und auf eine Leistung verzichten müsse. Der letzte hastige Schluck ist für ihn kein Genuss. Er verschluckt sich und fängt laut an zu Husten. In einer kurzen Hustenpause glaubt HG, ein Wortgefecht wahrzunehmen. Direkt unter seinem Balkon. Also doch! Es passiert heute doch noch etwas. HG stürzt an die Balkonbrüstung, um nichts zu versäumen. Der Husten setzt wieder ein und als auch noch ein Würgen hinzukommt, verlässt der Rotwein in einem Schwall HGs Körper. Dabei verliert er das Gleichgewicht und fällt über die Brüstung. Im Fallen sieht er noch im vierten Stock das sich auf einem Sofa im Vorspiel befindende nackte Liebespaar. Die anderen Stockwerke kann er wegen der Fallbeschleunigung nicht mehr sicher wahrnehmen. In Höhe des ersten Stocks stößt er einen Schrei aus, der mit einem dumpfen Klatsch endet. Über achteinhalb Monate nach Ruths Tod endet auch das Leben von HG. Im Polizeibericht steht: Suizid im Alkoholrausch. Im gegenüberliegenden Häuserblock bleibt ein junger Familienvater, der aus einem Dorf neu zugezogen war, noch so lange wach, bis das letzte Blaulicht erloschen ist. Am Montag wird er sich bei einer Bank über seinen Kreditrahmen für ein vielleicht gelb geklinkertes Häuschen im Grünen erkundigen.

Hundefreunde

Hundefreund: Oh, ein Ägyptischer Nackthund, wie selten!

Hundefreundin: Äh ja, das ist aber ein afrikanischer Nackthund! Ist auch selten, sehr selten. Und Ihrer? Das ist auch ein Nackthund. Welche Rasse?

Er: Abessinischen Sandterrier!

Sie: Ah ja! Der ist ziemlich verbreitet!

Er: Woher wollen Sie das denn so genau wissen? Wohl aus Brehms Tierleben, hahahahah!

Sie: Kleiner Scherzbold, was!

Er: Ihrer hat schon einige Jahre auf dem Buckel, oder?

Sie: Wieso?

Er: Ich habe einige graue Haare auf der nackten Haut bemerkt.

Sie: Dafür hat er aber noch ein komplettes Gebiss!

Er: Braunes Gebiss! Ja, komplett braunes Gebiss würde ich sagen!

Sie: Na, mit Ihrem Sandterrier ist auch kein Preis mehr zu holen!

Er: Wie!? Kein Preis? Zweiter von dreien beim letzten Wettbewerb!

Sie: Und sonst?

Er: Haben Sie mal eine orangene Tüte?

Sie: Wofür?

Er: Meiner hat gerade auf den Fußweg geschissen!

Sie: Das hat meiner schon bemerkt. Er schnuppert dran.

Er: Der soll mal nicht übertreiben mit dem Schnuppern.

Sie: Hab keine Tüte. Lass liegen dat Schiet!

Das Erlebnis

Ich hatte mal ein Erlebnis
Das ist schon lange her
Und was ist mit dem Ergebnis
Aus dem Erlebnis
Ich sitze ohne weiteres Erlebnis
Das ist das Ergebnis
Schon seit über 10 Jahren hier
In einer Zelle
Das ist das Ergebnis
aus dem Erlebnis

Nervös

Es ist Sonntagnachmittag. In seiner beschaulich großen Wohnung geht Dennis Haber auf und ab. Er reibt dabei seine trockenen Hände kräftig aneinander. Das dadurch entstehende Geräusch ist neben den dumpfen Tritten seiner Pantoffeln das Einzige, was die Stille durchbricht. Haber martert seinen Kopf. „Es muss mir doch etwas einfallen. Verdammt noch mal!" Ausgesprochen hätte es sich bestimmt verzweifelt angehört. Jedoch ist Verzweiflung das letzte, was ein Erfinder gebrauchen kann, um die Blockade der Einfallslosigkeit zu durchbrechen. Er grübelt, wie seine letzten Erfindungen zustande kamen. Als er die letzte, nämlich das braune Klopapier, erfand, saß er an einem ganz stillen Ort und schaute durch das Herzchen gen Himmel und wünschte sich wenigstens braunes Papier, statt gar keines zu haben. Viel Geld brachte die Lizenz eines Scherzartikelherstellers nicht ein. In den Himmel starrend machte er auch eine andere Erfindung. Während eines Urlaubs am Mittelmeer verdeckten tagelang Wolken die Sonne. Er hatte sich so die Sonne gewünscht und darum skizzierter er kurzerhand den Schaltplan einer solarbetriebenen Höhensonne. Alles kam vom Patentamt zurück, ohne dass ihm ein Patent erteilt wurde. Die Gebühren fraßen seine letzten Geldreserven auf und der

Geldmangel knabbert nun kräftig an den Nerven. Miete sowie Versicherungen müssen bezahlt werden und der Kühlschrank ist auch leer. So sehr er seinen Kopf auch anstrengt, es fällt ihm nichts ein. Haber beschließt, sich helfen zu lassen.

Im Jobcenter bekommt er zügig einen Beratungstermin. Nach freien Erfinderstellen im Arbeitsmarkt fragt er den Sachbearbeiter. Der runzelt die Stirn: „Schon mal mit richtiger Arbeit versucht?" Solche Ratschläge will Haber bestimmt nicht hören und während er den Raum verlässt, feixt der Sachbearbeiter das Folgende hinterher: „Bewerben Sie sich doch für das Parlament, hahah! Da brauchen die solche kreativen Köpfe wie Sie!"

Am nächsten Tag tritt Dennis Haber in eine Partei ein.

Merken Sie sich diesen Namen!

Komisch

Komisch ist das doch. Ich kann nicht mehr so wie früher. Nach dem dritten Liter Bier ist meine Gurgel schon wie zugeschnürt. Na ja, ein viertes bekomme ich dann doch noch reingewürgt. Aber auch nur, wenn ich einen guten Tag habe und es mit den Kurzen nicht übertreibe. Laufen muss ich schon nach dem ersten Liter. Das sage ich Ihnen. Dreimal pro Bier auf Toilette. Das ist doch nicht normal! Ehrlich! Früher rührte ich mich nach dem fünften noch nicht. Da hielt ich es bis nach Hause aus, wenn ich schnell genug fuhr. Heute geht das auf keinen Fall mehr wegen der vielen Dreißigerzonen. Ich hatte es mal wieder probiert. Da musste ich alles richtig zusammenkneifen und Vollgas geben. Schön war das nicht! Ich hatte echt Muffe! Wenn mir etwas passiert wäre! Auf alle Fälle lege ich mir für das nächste Mal eine Urinflasche ins Auto. Die Wirtin meinte, sie müsste bei mir bald einen Wasserzuschlag pro Bier berechnen. Dabei gebe ich doch genug Trinkgeld. Die anderen machen sich lustig über mich und witzeln, ob ich mit dem Schlauch noch wo anders Probleme hätte. Unmöglich sind die. Ich sollte mal zum Urologen gehen, sagen sie. So einen Nonsens, das hat noch Zeit. Ich werde doch erst dreiundachtzig.

Angst

Tobias, hier Toby genannt, ist recht erfolgreich in seinem Beruf. Toby hat daher alles Materielle, was vermeintlich nötig ist, um nicht als Verlierer dazustehen. Er sieht gut aus und hat gute Chancen bei den Frauen. Das muss korrigiert werden. Er hatte Chancen bei den Frauen. Seine Pläne, in nächster Zeit mit einer neuen Bekanntschaft eine Familie zu gründen, sind für ihn in weite Ferne gerückt. Toby hat Angst bekommen. Das kam alles sehr plötzlich. Angst vor einer festen partnerschaftlichen Bindung ist es nicht. Toby hat Angst vor Viren bekommen. Besonders vor dem einen Virus, welches alle Nachrichtensendungen und Zeitungsberichte beherrscht. Es gibt keine Seite in den Zeitungen mehr, in denen die Pandemie kein Thema ist. Toby gerät in Panik. Stets zieht er sicherheitshalber zwei Masken über das Gesicht bis zur Nase. Er wird unruhig, wenn ihm etwas Maskiertes entgegenkommt und erst recht, wenn es unmaskierte Mitmenschen sind. Daher ist es einleuchtend, wie soll der arme in Panik geratene Toby eine Partnerin für immer finden. Wer weiß, wie lange dieser Zustand der Pandemie anhalten wird? Tobys Paranoia verstärkt sich von Tag zu Tag. Er ist nicht mehr dazu in der Lage, zur Arbeit zu gehen. Er hat Todesangst. Angst vor dem Killervirus. Er hat Angst vor dem Tod. Vor seinem Tod durch das Virus. Daher beschließt er, seinem Leben ein Ende zu bereiten. Bloß, wie? Er stellt sich alle erdenklichen Möglichkeiten einer Selbsttötung vor. Er zittert bei diesen Vorstellungen, die sehr schlimm ausgehen können. Schlimm heißt für ihn, dass es mit der Selbsttötung nicht funktioniert oder nur teilweise und er dann als Schwerbehinderter vielleicht in einem Pflegeheim doch noch dem Virus erliegt. Toby kann gar nicht mehr rational denken. Er ist kurz davor, den Verstand zu verlieren, als ihm in einem der Schränke eine Flasche Hennesy ins Auge springt. Den Cognac hatte er vor Jahren zum Geburtstag geschenkt bekommen. Da er keinen Alkohol trinkt, blieb sie bisher ungeöffnet. Das unversehrte Etikett zeigte 40% an. Endlich etwas gegen Viren, denkt er sich. Öffnet die Flasche und macht eine ausgiebige Mundspülung. Eigentlich will er den Inhalt der Mundhöhle im Waschbecken leeren, doch die augenblickliche Wärme, die das Gesöff in seinem Körper auslöst, lässt Toby zögern. Er schluckt runter. Er schluckt noch mehr. Die halbe Flasche leert er und legt Musik auf. Er tanzt, legt sich auf die Couch und bekommt einen Lachkoller. Morgen nach der Arbeit hole ich mehr davon und er denkt sich: „Man war ich bescheuert!"

Die Todesanzeige

Unter dem Namen in der Todesanzeige steht: *Träger keines Verdienstkreuzes!* Nanu, das löst sicherlich bei dem ein oder anderen Stirnrunzeln aus und lässt den Leser eine Weile an dieser Anzeige verweilen. Es macht sie jedenfalls neugierig auf den Mann, den es nicht mehr gibt. Normalerweise huschen die Augen flink über die Namen der Traueranzeigen. Oft wird auf den Beruf oder die ehemalige Position des Verstorbenen hingewiesen. Das nimmt der Leser dann zur Kenntnis. Es kommt auch mal vor, dass jemand tatsächlich Träger eines Verdienstordens war. Wenn man nachforscht, bekommt man vielleicht heraus, was die Verdienste der Verstorbenen waren. Mag sein, dass diejenigen eine Damenvolleyballmannschaft zur Meisterschaft geführt oder viele Jahre ihr Leben in Rettungsmaßnahmen bei der Feuerwehr eingesetzt haben. Wie dem auch sei, man nimmt Notiz und geht zur nächsten Anzeige über. Der Hinweis aber, kein Verdienstkreuz im Leben erlangt zu haben, ist schon einzigartig, wenigstens in dieser Zeitung. Herauszubekommen, warum diese Notiz über den Toten gedruckt wurde, ist fast unmöglich und wahrscheinlich nicht der Mühe wert, denn Uschi, die Hinterbliebene und wohl Auftraggeberin der Anzeige, hat ihn schon in aller Stille beerdigt. Bleibt also freie Fahrt für die Fantasie. Vielleicht löschte der Verstorbene mehr seinen Durst bei der Feuerwehr mit Alkohol und tyrannisierte Uschi im Suff, wenn er nach Hause kam. Oder er war Betreuer einer Damenvolleyballmannschaft, bis man ihn rausschmiss, weil er sich beim Duschen dazwischen mogelte.

Wer weiß, wer weiß?

Kontaktanzeige Chiffre 74634

Ich (m, 46 Jahre, 104kg) habe das Alleinsein satt. Daher suche ich Dich! Jetzt, ab sofort. Meine Lieblingsbeschäftigung neben dem Faullenzen ist das Fernsehgucken. Am liebsten sehe ich XY ungelöst und Medical Detectives. Keine Angst. Das Bier hole ich mir selbst aus dem Kühlschrank. Lesen tue ich auch manchmal. Strandspaziergänge, Tanzen und Theater kannst Du selbstverständlich ohne mich machen. Ich bin auch sonst sehr tolerant. Falls Du Dich angesprochen fühlst, melde Dich. Ich beantworte jede Post. Bild wäre nicht schlecht. **Chiffre 74634**

Ein Tag des Ungezeugten

Es gibt so viele Gedenktage in Deutschland und weltweit, dass man zum Staunen kommt. Es gibt einen Tag der Frau, der Freiheit und Freundschaft, Muttertag, einen Tag der Schwiegermutter, ja, sogar einen Vatertag und was weiß ich, was es noch für Gedenktage gibt. Die kann keiner alle aufzählen und sie sind teilweise sehr abstrus. Heute höre ich im Radio vom Tag des ungeborenen Lebens und komme doch schon ein wenig ins Grübeln. Ich finde dann, dass so ein Tag doch eine Bedeutung haben kann, zum Beispiel für Eltern, die ein Kind erwarten. Selbst unser Grundgesetz widmet sich dem ungeborenen Leben. Das ist heute! Was kommt morgen oder übermorgen? Ist auf dem Kalender noch Platz für weitere Gedenktage? Wie wäre es, wenn man angeregt von dem Tag des ungeborenen Lebens einen *Tag des Ungezeugten* einführt. Da kommt die Fantasie in Wallung! Einen *Tag des Ungezeugten* über alle Epochen. Fangen wir im Jahre Null mit Jesu Geburt in Bethlehem an. Wie viele Milliarden Menschen hätten das Licht der Erde erblicken können. Sie wurden einfach nicht gezeugt, weil Frau oder Mann es nicht wollten, wollen oder nicht konnten und können. Vielleicht aus Mangel an Gelegenheit oder Mangel an Eizellen, Lustmangel oder Mangel an Nahrung. Oder, oder, oder. Oder einfach, weil Frau und Mann genügend Verstand hatten und haben, den vorhandenen Nachwuchs auf Kosten des ungezeugten Nachwuchs' besser durchzubringen. Es gibt viele verschiedene Gründe, Kinder nicht gezeugt oder verhütet zu haben, wobei die Kirche damit schon ein Problem hat. Ich stelle mir vor, was aus den Ungezeugten über die Epochen hätte werden können. Vielleicht hätte ein ungezeugter Jüngling zu Zeiten von Jesus ihm ein weiterer Jünger sein können. Möglich, dass es heute zur Attraktion der Touristen in Pompeji noch mehr Überreste menschlichen Lebens gegeben hätte. Mag sein, dass mehr gezeugte Männer, auf welcher Seite auch immer, in früheren Schlachten den Lauf der Geschichte hätten anders ausgehen lassen. Wahnsinn, was alles möglich gewesen wäre mit Menschen, die es nie gegeben hat. Zum Beispiel als Diener des Casanovas, der dann im Akkord Betten frisch bezogen hätte oder ein weiterer Vorkoster für Stalins Borschtsch. Die vielen ungezeugten Frauen haben weiter verhindert, noch mehr Menschen auf dieser Erde zu gebären, die dann diesem Planeten Schlechtes angetan hätten. Kann sein, dass durch die vielen Ungezeugten ein Trudeln des Erdballs verhindert wurde und wir ihnen zum Dank verpflichtet sind. Könnte ich mir aussuchen, welcher Ungezeugte ich sein wollte, so wäre ich gerne ein Begleiter und Kumpel von Hemingway geworden.

Nicht als Mitkämpfer im spanischen Bürgerkrieg oder als Munitionsträger bei einer Großwildjagd, sondern eher ein Begleiter bei einer Fiesta, besser noch als Saufkumpel in den Kneipen von Havanna. Für all diese Menschen, die nie gezeugt wurden und damit nie das Licht der Welt erblickten, muss unsere Gesellschaft aus Dankbarkeit einen Gedenktag schaffen, den *Tag des Ungezeugten*.

Faul?

Ich bin nicht faul, das glaub ich nicht
Das meinen nur die anderen
Ich bin nicht faul, nur braun, das weiß ich wohl
Das kommt vom langen Sitzen in der Sonne
Ich bin nicht faul
ich bin nur dumm
Und mache keinen Finger krumm

Ganz schön schlau

Bombenjob

Hugo hat einen absolut bombensicheren Job. Er ist Bombenentschärfer für Bomben aus dem Zweiten Weltkrieg. Mal sind es amerikanische, mal britische Blindgänger. Mal sind die 100kg, aber viel öfter 250kg und 500kg schwer. Ein Highlight war die Luftmine von mehr als einer Tonne, die Hugo entschärfte. Das ist aber schon etwas her. Von den anderen Bomben liegen noch genug in seiner Gegend herum, denn die war eines der Hauptangriffsziele für die Bomberverbände der Alliierten. Für Hugos Arbeitsleben wird der Vorrat dieser Kriegshinterlassenschaft reichen. Seine Kumpel sind beim Bier (und Schnaps) in der Kneipe ein wenig neidisch auf ihn, wenn er Spannendes erzählt. Im Fernsehen war er auch schon öfter, obwohl das nicht sein Ding ist, die ausgeschraubten Zünder in die Kamera zu halten. Bomben entschärfen ist einfach sein Traumjob. Die Kohle mitsamt den Gefahrenzulagen, die er verdient, ist mehr als genug für den Junggesellen. Scheinbar ist alles bestens, wenn da nur nicht sein Tatter wäre. Ein bisschen beunruhigt es ihn, könnte doch der Zustand, wenn er bemerkt würde, seine Laufbahn als Experte für Kriegsbomben beenden. Bisher bekommt er mit einem Schluck aus der Pulle das Zittern in Griff. In der Kneipe tritt es natürlich erst gar nicht auf. Daher hat er sich keinem Arzt anvertraut. Wenn es gut läuft, verschreibt der auch nur Tabletten mit dem gleichen Ergebnis, meint er. Und so entschärft er eine Bombe nach der nächsten, den Flachmann immer in der Jackentasche griffbereit für den Fall der Fälle, dass die Hände zittern. Der Fall der Fälle stellt sich eigentlich jedes Mal ein. Hugo fragt sich selbst, ob er ein Problem mit Alkohol hat. Das will er für sich herausfinden und bei der nächsten Entschärfung auf einen Schluck aus der Pulle verzichten. Der Tag ist gekommen. Heute ist es nur eine kleine 50kg britische Drecksbombe mit einem Zünder, der unter normalen Umständen einfach zu entfernen ist. Im Umkreis von 500 Metern sitzt Hugo ganz allein in einem Loch mit der Bombe. Ein Signal kündigt den Beginn der Entschärfung an. Ein Klacks ist das Ding für mich, sagt er sich. Das Werkzeug liegt fein säuberlich aufgereiht und er fängt an, zur Beruhigung, wie bei jeder Bombenentschärfung, das Musikstück "Spiel mir das Lied vom Tod" zu summen. Fast zeitgleich beginnt der Tatter sich bemerkbar zu machen - und zwar ziemlich heftig. Der Schraubenschlüssel wedelt richtig in Hugos Hand. Er ist fest entschlossen, es ohne den Schluck durchzuziehen. „Dich schaffe ich ohne, du Biest!", überlagern seine Gedanken das Gesummte. Das Klötern des Schraubenschlüssels an der Bombe muss ihn eigentlich überzeugen, den Vorgang sofort zu beenden. Jetzt ist noch Zeit für das alkoholische Gegenmittel. Nur ein paar große Schlucke aus der Pulle und alles wäre gut. Es wäre viel besser für Hugo. Nein, heute will er es so schaffen. Zum Klötern kommt das Knirschen des Zündergewindes. Dann hören Hugos Ohren nichts mehr. Es gibt sie nicht mehr. 50 kg

Sprengstoff sind eben kein Chinaböller. Im Umkreis hört man Martinshörner der Polizei und Rettungsfahrzeuge. Nach langer Suche werden tatsächlich noch ein paar Fetzen von Hugo gefunden. Die werden in der Gerichtsmedizin zur Identitätsklärung benötigt und um zu untersuchen, ob Drogen oder Alkohol im Spiel waren. Dergleichen wird nicht festgestellt werden. In der Kneipe vermissen die Kumpel Hugos Erlebnisberichte und stoßen mit Schnäpsen auf ihn an. Schade, dass er nicht von seinem Problem ohne Alkohol erzählen kann.

Babyklappe

In der Kinderklinik des Krankenhauses machen Kinderschwester Doris und Schwester Dagmar Pause. Sie machen viel Pause. Viel zu viel Pause. Die beiden fühlen sich unterbezahlt und meinen daher, sich das Recht herausnehmen zu können, es mit den Pausen zu übertreiben. Es ist schon Nachmittag und zum Kaffee sind zu den üblichen Keksen noch zwei Stück Torte dazugekommen. Dagmar kichert und zaubert ein Fläschchen Likör aus ihrer Tasche. Jetzt kichert auch Doris und in kürzester Zeit sind ein paar Gläschen heruntergespült. Beide können sich kaum halten vor Kichern. So bringt die Arbeit richtig Spaß. Das Telefon klingelt. „Muss das jetzt sein? Geh du ran." „Nein, du!" Egal, Doris drückt auf Annehmen und sagt: „Hallo?" „Ja, Ellen von der Telefonzentrale. Hier ist eine junge Frau am Apparat, die möchte unbedingt jemand in der Kinderabteilung sprechen. Kann ich mal durchstellen?" „Ja, mach doch, haha!" Einen Moment später steht die Verbindung. „Hier Doris von der Kinderstation." Die junge Frau meldet sich mit ihrem Namen. „Hier ist Chantal Klein, ich habe mir das überlegt mit meinem Baby!" „Mit ihrem Baby?", fragt Doris nach. „Bitte helfen sie mir mal ein bisschen weiter! Baby?" Doris unterdrückt ein Lachen. „Was für ein Baby?" „Na, mein Baby, welches ich vor gut einer Woche in die Babyklappe gelegt habe." „Moment mal!" Doris hält den Hörer so, dass die Anruferin nicht mithören kann. „Dagmar, warst du in letzter Zeit mal an der Babyklappe?" „Nö, da war doch bisher nie was drin, haha. Ich glaube der Alarm funktioniert auch nicht mehr so richtig." „Gib mir noch mal schnell einen Schluck Likör!" Dann legt Doris den Hörer wieder ans Ohr. „Hören Sie, Frau Klein, bitte melden Sie sich später noch einmal, bis wir das geklärt haben." Die beiden etwas fülligen Frauen eilen zur Babyklappe. Die Torte bleibt zunächst unberührt auf den Tellern. „Ach, den Schlüssel." Dagmar rennt zurück und kommt außer Atem mit dem Schlüssel. Die Babyklappe liegt ein wenig versteckt in einer Ecke des Krankenhauses. Etwas unbeholfen wird die Klappe geöffnet und es erscheint ein rosa Kopfkissen, in dem etwas zu liegen scheint. Doris nimmt das Kissen an sich. Dagmar sagt prüfend: „Da ist wohl nichts mehr zu machen."

Zwischen Himmel und Erde

Es kommt plötzlich. Wie aus heiterem Himmel fällt Stefan im Badezimmer auf die Fliesen. Ist es die Leber? Wohl nicht! So plötzlich kann es nur das Herz oder etwas im Kopf sein, was ihn niederstreckt. Es ist niemand sonst in der Wohnung, der Stefans Vitalzeichen prüfen und eventuell eine Wiederbelebungsmaßnahme in Angriff nehmen könnte. Er hat die Augen noch halb auf und in seinem Kopf funktioniert es noch so weit, dass er erkennt, dass es aus ist mit ihm. Er merkt, wie sein Geist aus dem Körper zu entweichen beginnt und schwebend sieht er sich von oben auf den Fliesen liegen. „Das war es! Da gehe ich dahin! Eigentlich darf ich nicht sterben. Ich bin doch gerade erst sechzig geworden und hatte noch einiges vor, was ich mir für später aufgehoben habe. Es ist jetzt nicht das Schlimmste, dass ich nie beim Oktoberfest in München war. Viel schlimmer ist es, dass ich nichts geregelt habe! Was habe ich überhaupt erreicht. Bleibt etwas von mir nach einiger Zeit übrig außer einem Holzkreuz, welches darauf hinweist, dass darunter ein Sarg oder eine Urne mit meinen Überresten liegt. Nein, es bleibt nichts von mir nach. Die Wohnung ist nur gemietet und das Inventar geht wohl in den Sperrmüll. Wenn ich Glück habe, pickt sich ein Student etwas für seine Bude aus dem Abfallhaufen. Meine Erben werden sauer sein auf mich, da ich nichts Greifbares von Wert für sie hinterlasse. Ich bin auch sauer auf mich! Ich habe nichts geschaffen, was dauerhaft in dieser Welt von Bedeutung sein könnte. Keine Spur wird nach Generationen auf mich hindeuten. Ich komponierte zum Beispiel keine Musik, die später gesummt würde. Ich schrieb kein Buch, welches später irgendjemand in die Hand nehmen könnte, um meine fixierten Gedanken nachzulesen. Nein, ich war auch kein Maler, dessen Bilder in einem Museum oder an einer privaten Wand hängen. Niemand wird fragen, wer denn das Bild gemalt hat. Ich habe es nicht einmal geschafft, ein Haus zu bauen und einen Baum habe ich auch nicht gepflanzt. Was habe ich überhaupt angefangen, neben meiner Arbeit im Büro? Also, das Feierabendbier in der Kneipe hat immer geschmeckt. Da gibt es nichts! Dort haben wir viel über die Wirtschaft diskutiert, auch über die, in der wir saßen. Ja, Wirtschaft und Börse war mein Steckenpferd. Ich war sehr erfolgreich mit meinen Aktien und hatte ein beträchtliches Vermögen auf meinem Depot. Zuletzt hatte ich alles aufgelöst und es in eine Kryptowährung gesteckt. Da hatte ich mal wieder den richtigen Riecher. Der Kurs ging durch die Decke. Ja, ich habe doch einiges im Leben erreicht. Leider weiß kein Erbe davon. Der Zugangsschlüssel, den ich notiert und in die Sofaritze gesteckt habe, wird

wohl in der Sperrmüllverbrennung vernichtet oder in einer Studentenwohnung noch ein wenig davor bewahrt. Ich könnte mich ohrfeigen. Nichts habe ich geregelt. Jetzt ist es zu spät. Oh nein. Nichts von Wert, außer dem Dosenpfand vom Büchsenbier in der Abseite." Stefans Geist schwirrt durch die Wohnung. Er versucht noch etwas zu berichtigen. Keine Chance! Nicht einmal seine Wohnung hat er sauber hinterlassen. Er versucht noch, nach einer Cognacflasche zu greifen, doch dann verschwimmt alles, was er von oben sieht. Nichts geht mehr. Dann ist alles nur noch schwarz. Aus und vorbei!
Ende!

Der Nachbar

Ich kannte ihn kaum, den Nachbarn. Wir wohnten jahrelang fast nebeneinander in der Reihenhaussiedlung. Ich hatte hier auch sonst keinen Kontakt.
Was er als erstes zu mir sagte, war nämlich:
„Willst du was aufs Maul?!"
Ich mochte ihn auch nicht. Von Anfang an! Dennoch war ich überrascht über diese Offerte und trat ihm in die Eier!
Das war der Beginn einer langen Feindschaft.
Es war immer ein Traum von mir, da zu wohnen, wo andere zu Hause sind. Da zu wohnen, wo andere sich wohlfühlen.
Dass es aber so ausgehen würde, übertraf alle meine Erwartungen.
Nachbarn sind eben keine Freunde.

Die Fundsache

Von dem weißen Kopfhörerpaar steckt nur noch der linke im Gehörgang. Lady Gaga vermag Sven nicht wach zu halten. Es ist noch sehr früh, dennoch ist der Linienbus mit Fahrgästen gut gefüllt. Sven wird von seinem Sitznachbarn am Fenster geweckt, als dieser aussteigen will. Sven muss sich dabei erheben und es fällt ihm der zweite Kopfhörer aus dem Ohr. Nach kurzem Besinnen bemerkt Sven, dass er bereits eine Station zu weit gefahren ist und hüpft auf den Bürgersteig, bevor die Tür wieder schließt. Es ist Winter und der Schnee liegt seit Tagen knöchelhoch. Sven rückt den Schal zurecht, zieht den Reißverschluss seiner Jacke zu, positioniert die Kopfhörer neu und macht sich auf den Weg zur vorherigen Haltestelle, die sich direkt gegenüber seiner Arbeitsstelle befindet. Er ist schon öfter zu weit gefahren und kennt inzwischen eine Abkürzung, die durch ein Villenviertel und einen kleinen Park führt. Die jetzige Musik lässt seinen Schritt schneller werden, dieser wird jedoch wieder langsamer, wenn seine Sohlen keinen Halt auf dem glatt getretenen Weg bekommen. Einmal musste er bereits mit den Armen herumfuchteln, um wieder in Balance zu kommen. Zu spät wird er nun sowieso kommen. Darum beschließt er das Tempo seines Ganges nicht durch die poppige Musik bestimmen zu lassen und drosselt seinen Schritt. Sven zieht aus seiner Tasche einen Thermobecher und nimmt einen Schluck vom warmen Kaffee. Er spuckt ihn augenblicklich wieder aus. Er hatte vergessen, den Kaffee zu süßen. Ohne Zucker mag er keinen Kaffee. Heute geht wohl alles schief, denkt er sich und kippt den Kaffee in Wellenlinienmustern in den Schnee. Es amüsiert ihn und er denkt an moderne Kunst, während er die braune Kaffeespur zwischen den gelben Hinterlassenschaften von Terriern und Irisch Settern zieht. Unter der Laterne leuchten diese Schneegraffitis in einer besonderen Farbgebung. Sven bleibt einen Moment stehen, um das Werk genauer in Augenschein zu nehmen. Ergänzt werden die farbigen Linien durch gut gefüllte orangene Hundedrecktüten, deren Ecken im Wind zu winken scheinen.

Die unverpackte braune Hinterlassenschaft eines Hundes oder etwa Menschen in Form einer Schnecke gab dem Arrangement den letzten Schliff. Laut lacht Sven nicht, aber er lacht. Bevor er weiterzieht, schaut er noch etwas genauer auf das Kunstwerk. Etwas stört ihn daran. Es guckt spitz und auch in einem Braunton aus dem Schnee heraus. Sven bückt sich zieht an einem ledernen Dreieck, welches so nicht in das Kunstwerk passen will. Es ist eine Brieftasche. Das Licht der Laterne ermöglicht ihm, einen schnellen Blick in die gefundene Börse zu werfen.

Sie ist prall gefüllt mit Scheinen in Hunderter- und sogar Fünfhunderternoten. Das Fundstück verschwindet augenblicklich mit der Thermotasse in seiner Tasche. Sven verlässt den Lichtkegel wieder im zügigen Schritt. Er zieht sich die Kopfhörer heraus und schaut sich in alle Richtungen um. Nun schlägt er einen anderen Weg als den zur Arbeit ein. Hastig stolpert er durch den Schnee in Richtung eines Einkaufszentrums. Hier haben bereits einige Ladenlokale geöffnet, in denen er frühstücken kann. Sven sucht sich das teuerste Frühstück aus. Er bestellt sich mehrere Brötchen belegt mit Mett und Schinken. Zum besonders großen Kaffeebecher lässt er sich eine Extraportion Zucker geben. Er genießt es, hier zu sein. Mit dem Handy meldet er sich für heute bei seinem Arbeitgeber krank. Ob er am nächsten Tag erscheinen wird, lässt er noch offen. Sven arbeitet als Packer in einem kleinen Versandhandel. Sein Chef und Besitzer der Firma ist richtig gut im Geschäft. Er hatte seine Marktlücke gefunden und es bereits zu großem Wohlstand gebracht. Sven ist einer seiner dutzend Beschäftigten, die allerdings mit dem Mindestlohn klarkommen müssen. Nach dem Kaffee lässt Sven sich noch einen Cognac servieren. Die Kellnerin, die vielleicht etwas jünger ist als er, fragt bei der Bestellung zweimal nach, ob sie richtig verstanden habe. Sie hat richtig verstanden. Sven würgt das Zeug herunter. Er mag keinen Cognac, aber irgendwie muss er das heute haben. Unter dem Tisch hält er die geöffnete Geldbörse, beäugt und fühlt die Scheine, um deren Wert abzuschätzen. Er hatte noch nie so viel Geld auf einen Haufen in seinen Händen gehabt. Sven ist sich nicht ganz schlüssig, ob er das Fundstück abgeben oder es behalten soll. Eines ist sicher, die Kellnerin soll ein ordentliches Trinkgeld bekommen. Die Summe in der Brieftasche schätzt er auf zwei Netto-Jahreslöhne ein. Er fragt sich, wer denn wohl mit so einer Summe durch die Gegend läuft. Das würde er gleich erfahren, denn es sind auch Dokumente in der Brieftasche, die den Besitzer ausweisen können. Zuerst fingert er einen Ausweis heraus, der die Mitgliedschaft in einem Golfclub offenbart. Er klappt das brandneu scheinende mehrseitige Dokument auf, um auf das Bild und den Namen des Mitgliedes zu schielen. Sven fängt der Hals zu kratzen an und er bestellt sich einen Cognac nach. „Verträgst du das überhaupt am frühen Morgen? Du schaust schon ganz rot aus!", sagt die Kellnerin. „Ist schon okay", erwidert Sven. Er erkennt das Gesicht im Ausweis vom Golfclub sofort. Der Name gibt ihm die letzte Sicherheit. Er hat die Brieftasche seines Chefs gefunden. Der hatte sich tatsächlich in die Villengegend eingekauft und einen Köter, den er abends ausführen muss, besitzt er auch. Dass ausgerechnet ich die Brieftasche von meinem Chef finden muss, denkt er. Die kann er nicht so einfach zurückgeben. Sicherlich würde er dann des Diebstahls bezichtigt werden, wie schon einmal, als Geld in der Portokasse fehlte. Dummerweise hatte Sven damals einen Tag vorher nach einer Lohnerhöhung gefragt und wurde schroff abgewiesen. Daher geriet er in Verdacht, bis sich das Geld doch noch wiederfand. Die schlampige Sekretärin hatte das Geld nur verlegt. Sven grübelt. Den Vormittag will er sich nicht mit diesem Problem verderben. Er bestellt einen Cognac nach und bezahlt mit einem ordentlichen Trinkgeld. Die junge Kellnerin freut sich sehr und ruft Sven hinterher: „Komm doch bald mal wieder!"

Zu Hause nimmt er die Beine hoch, denn es ist ihm so, als ob ihm viele Bienen in seinem Kopf herumschwirren. Sven beschließt, das Geld zu behalten und langsam zu verbrauchen. Alles andere hat keinen Sinn, überlegt er sich. Die Brieftasche mit den Papieren will er vernichten. Den restlichen Tag verbringt er auf der Couch mit fernsehen. Essen bestellt er bei einem Pizza-Service. In der Nacht schläft Sven sehr gut. Ein schlechtes Gewissen belastet ihn nicht. Ohne Anzeichen von Kopfschmerzen steht er auf und macht sich auf den Weg zur Arbeit. Die üblichen Floskeln der Kollegen nach einem Fehltag übersteht er schnell. Er hätte Migräne gehabt, sagt er knapp und kommissioniert in gewohnt flottem Tempo die Waren für den Versand. Sven ist ein geschätzter Mitarbeiter. Er packt schneller als alle anderen und kann immer helfen, wenn es Probleme mit den Computern oder anderen Geräten gibt. Der Chef ist in schlechter Laune. Das ist natürlich kein Wunder. Warum, weiß zu diesem Zeitpunkt keiner außer Sven. „Jetzt muss er sich wohl einen Wagen mit ein paar weniger PS bestellen", denkt Sven. Das muss der Chef aber nicht, denn das Geschäft floriert. Die Laune des Chefs hat sich zum Ende der Schicht etwas verbessert. Die vielen neuen Bestellungen, die eingegangen sind, haben dazu geführt. Nun ist es an der Zeit, dass Sven turnusmäßig nach einer Lohnerhöhung fragt. Wie üblich fällt die Antwort des Chefs gleich aus: „Sven, ich möchte ja, aber dafür ist gerade keine Luft nach oben." Mit leichtem Schmunzeln nimmt Sven es zur Kenntnis, was seinen Gegenüber etwas irritiert. Dieser kann ja nicht wissen, dass Sven sich aus dessen Geldsack selbst eine Erhöhung genehmigt hat. Oft geht jetzt Sven nach Feierabend in den Laden, in dem er Cognac schätzen gelernt hat. Meist bestellt er aber nur den süßen Kaffee. Stets bekommt die Kellnerin, in die er sich inzwischen verguckt hat, ein gutes Trinkgeld, das sie zur Finanzierung ihres Studiums sehr gut gebrauchen kann. Die beiden kommen sich mit der Zeit näher und es dauert nicht lange, bis beide zusammenziehen. Das kommt beiden finanziell zugute, denn es bleibt monatlich immer Geld übrig. Beide sparen für eine gemeinsame Zukunft. Das geheime gefundene Extrapolster hat Sven schon lange nicht mehr anrühren müssen und es nach und nach auf dem Sparbuch geparkt. Die Freundin weiß davon nichts. Sie besteht ihr Examen und nimmt einen gut bezahlten Job an. Svens Einsatz wird endlich auch vom Chef mit einer Erhöhung honoriert. Alles läuft bestens und wenn er mal mit dem Bus zur Arbeit zu weit fährt, geht er seine Route durch den Park und wirft an der bewussten Laterne einen Blick auf die Hundehaufen. Über die gelbbraunen Wellenlinien ist inzwischen Gras gewachsen.

Der Schrank

Sie: Na geil!
Womit fang ich nur an?
Bestimmt hiermit! Oder?
Da fehlt doch was!
Wo ist der Bauplan?
Das geht ja gut los!
Ach nein, fehlt doch nichts!
Aber passen, passen tut das auch nicht!
Was soll das denn?
Der Plan taugt überhaupt nichts!
Was soll ich denn damit?
Christian! Kommst du mal!
Er: „Lass mich bloß zufrieden!"
Ach so! Jetzt weiß ich! Oder?
Da stimmt doch wieder was nicht!
Das passt da auch nicht!
Und wieso sind da Löcher?
Ah, für die Schrauben!
Die kommen wohl da rein!
4-mal klein und 2-mal groß!
Uhhh! Geht das schwer!
Christian! Hilfst du mal!
„Nein!"
Mist, schon vergnabbelt!
So jetzt passt es!
Fertig! Endlich!

Sieht irgendwie beschissen aus!
Der geht zurück!
Zurück zum Skandinavier!
Chrischie! Kannst du den zurückbringen?
„Natürlich, mein Schatz!"

Der Goldzahn

Was blinkert da im faulen Mund
Zwischen Karius und Baktus
Zwischen Löchern voll und ohne, Amalgam
Wie die Sonne nach tagelangem Regen
Wie ein Licht im starken Nebel
Glänzet es ganz hinten links
Aurum 79
Ist es eine goldene Krone?
Nein, es ist ein goldener Zahn
Ja, Goldzahn
Wer hätte das gedacht
Ein wertvolles Stück vor vergammelten Mandeln
Aus besseren Zeiten
Schon vergessen
wieder eingefallen vor dem Zahngoldankaufschild
Kurzerhand des Zahnes schnell entledigt
Gegen Bares für Klares
Danke AOK

Sekundentraum

Die Schicht endete vor einer halben Stunde. Er fühlte sich in diesem Nachtdienst fit wie selten zuvor. Nicht einmal der übliche Hänger, der ihn sonst so gegen halb drei erwartete, lähmte seine Aufmerksamkeit. Denn aufmerksam muss er während des Dienstes auf dem gasbetriebenen Gabelstapler sein. Zu leicht kann eine Palette mit Waren, bei denen es sich oft um Bierkisten handelt, von der Gabel des Staplers rutschen und der Lagerhalle den Duft des Hofbräuhauses bescheren. In den drei Jahren, in denen er hier arbeitet, ist das Peter bisher erst einmal passiert. Es war ganz am Anfang, als er hier als Leiharbeiter anfing. Den Ärger, den er dadurch bekam, veranlasste ihn dazu, besonders konzentriert seine Arbeit zu verrichten. Ein zweites Mal darf das nicht wieder passieren, sonst will der Lagermeister der Warenhauskette Peter nicht mehr beschäftigen. Seine Verleihfirma droht ihm in diesem Fall mit Rausschmiss. Peter gibt sich Mühe. Er braucht den Job und das Geld, welches gerade so zum Leben reicht. Das gebrauchte Auto, mit dem er jetzt nach Hause fährt, ist auf Abzahlung gekauft. Eigentlich kann er sich von seinem Lohn kein Auto leisten und auch nicht die Vollkaskoversicherung wegen der Kreditfinanzierung. Doch das Auto benötigt er, um zu seiner Arbeit zu kommen. Zwei

Jahre noch und es würde sein Eigentum sein. Zwei Jahre noch! Eigentlich ist der Wagen schon ziemlich schrott. Die täglichen Pendlertouren hinterlassen eben am Fahrzeug ihre Spuren. Die Reifen sind auf, die Bremsen benötigen neue Beläge, den Ölwechsel spart er sich und sein Blick geht beim Einsteigen stets in Richtung der hinteren Tür, an der der Lack durch Korrosion zu bröckeln beginnt. Bevor er als Gabelstaplerfahrer anfing, hatte Peter einen gut bezahlten Posten bei einer Bank. Dort sortierte er Akten und konnte sich eine kleine, sehr schöne Wohnung in der Stadt leisten. Nach der Bankenkrise sortieren die Banker ihre Akten selbst. Peter musste die Wohnung aufgeben und zog aufs Land, wo er den günstigeren Wohnraum von seiner Stütze zahlen konnte. Das Arbeitsamt überredete ihn, den Staplerschein zu machen und vermittelte Peter an die Leiharbeitsfirma. So kam es, dass er sich diesen Wagen zulegen musste und jede Nacht im Lager die Paletten hin und her schob. Obwohl er Junggeselle und ein sparsamer Typ ist, reicht das Geld nicht. Er weiß nicht, wo er noch etwas einsparen könnte. Der Sprit ist so teuer, dass einfach zu wenig übrigbleibt. Ein Umzug zurück in die Stadt hat setzt einiges an Eigenkapital voraus. Als Peter seinen Chef, der sich gerade eine neue Villa hat bauen lassen, nach einer Lohnerhöhung fragte, lächelte dieser müde bei der Antwort: „Das Ende der

Fahnenstange ist bei Ihnen erreicht." Peters Konto ging immer weiter in die Miesen. Vielleicht, weil er heute nach dem Dienst noch so fit ist, geht ihm bei der Heimfahrt seine hoffnungslose Situation durch den Kopf. Was soll er nur tun? Er holt tief Luft, während sich seine Hände krampfartig an das Lenkrad klammern. Die Scheinwerfer der entgegenkommenden Fahrzeuge zwingen seine Augen zum Zwinkern. Nachdem er ein weiteres Mal tief Luft holt, legt er seinen Kopf in den Nacken und dann schließen sich seine Augen wie von selbst. Ein paar Sekunden stellt er sich seine heile Welt vor. Er sortiert Akten bei der Bank und genießt den Feierabend in seiner gemütlichen Wohnung in der Stadt. Es sind nur wenige Sekunden, in denen er vom alten Glück träumt. Dann wird er durch ein starkes Rütteln in die Realität zurückgeholt. Der Wagen schießt durch einen Busch und bleibt in Schräglage in einem Graben liegen. Die Gurte schnüren sich in Peters Brust. Der Airbag löst nicht aus. Peter scheint unverletzt. Der Wagen ist nun völlig schrott. Der Fahrer des Abschleppdienstes setzt Peter freundlicherweise zu Hause ab. Jetzt ist er froh, dass er für sein Fahrzeug eine Vollkaskoversicherung abschloss. Die wird schon alles regeln, denkt er. So schläft er einen tiefen Tagschlaf und hängt noch die nächste Nacht dran. Zur Arbeit geht er nicht. Er meldet sich nicht einmal für die Schicht ab. Als er am nächsten

Morgen gegen neun sein Frühstück mit gekochtem Landei genießt, klingelt sein Telefon. Auf dem Display liest er, dass ‚Ihr freundlicher Verleiher‘ sich meldet. Peter hat keine Lust, das Gespräch anzunehmen. Nach kurzer Überlegung meldet er sich mit einem: „Ja?" Der Disponent am anderen Ende fängt sofort an loszuwettern: „Wie können sie einfach zu Hause bleiben, ohne sich abzumelden. Was ist denn bloß los mit Ihnen? Wenn das alle so machen würden." Schließlich fragt er Peter: „Wann erscheinen Sie wieder? Das Warenlager benötigt Sie dringend!" Peter nimmt ganz ruhig einen Schluck aus der Tasse und sagt trocken: „Ihr könnt mich alle mal am Arsch lecken!"

Am Tag darauf erhält Peter seine Kündigung vom ‚freundlichen Verleiher‘ und erspart sich damit das Porto, wenn er es selbst gemacht hätte. Den aufgesammelten Urlaub will der freundliche Verleiher Peter nicht vollständig zugestehen. Das ist Peter aber egal. Er genießt die Zeit mit frischen Landeiern und geräuchertem Speck zum Frühstück und zum Abendbrot. Der Bauer, bei dem Peter einkauft, stellt ihn bald auf dem Hof als Mädchen für alles ein. Sogar um die lange, lange volljährige Tochter des Bauern kann sich Peter mit Freude kümmern. Durch die Leistung der Vollkaskoversicherung zieht Peter sein Konto wieder gerade. Es wurde alles noch besser als in seinem Sekundentraum.

Was kann ich dafür

Ich seh' dich an
Du drehst dich um
Ich sprech' dich an
und du bleibst stumm
Ich lad' dich ein
Du sagst gleich, nein
Ich sag', wolln' wir gehen
Du lässt mich stehen
Egal!
Ich find' dich toll
So wie du bist
Was kann ich dafür
Dass es so ist.

Orden

Opa, du hast doch so viele Orden!?

Ja, mein Junge.

Aus dem Zweiten Weltkrieg, nicht!?

Ja, das stimmt.

Wofür hast du die bekommen?

Ich weiß nicht mehr!

Hast du auch geschossen?

Weiß ich nicht! Doch, kann schon sein, das ratterte manchmal ganz schön laut.

Was, Opa!?

Das Maschinengewehr natürlich! Deshalb höre ich doch so schwer. Das habe ich schon ganz vergessen.

Hast du Menschen getötet?

Keine Ahnung!

Aber du hast doch auch die Nahkampfmedaille!?

Ja? Habe ich die?

Du musst doch wissen wofür!

Ne, weiß ich nicht! Ist schon so lange her!

Am 9. Mai ist eine Veranstaltung gegen das Vergessen! Kommst du mit?

Nach Moskau?

Nein, die ist hier im Ort.

Weiß ich nicht! Gegen was noch einmal?

Gegen den Krieg, Opa! Für den Frieden!

Ne, das ist nichts für mich! Dann hätte ich ja nie die Orden bekommen und keine Versehrtenrente!

Pablo

Sorgen macht sich Pablo keine auf seiner Insel, denn die Sonne scheint immer. Holz für den selbstgebauten Grill ist ausreichend da. Dass er keine Kühlung für Fisch oder Fleisch hat, spielt für ihn keine Rolle, denn gewöhnlich fängt er sich einen Leckerbissen, wie zum Beispiel eine Languste, immer erst dann aus dem Meer, wenn sich der Magen meldet und die Grillglut die nötige Temperatur für einen guten Braten hat. Unter einer Palme holt er sich den Schutz vor der senkrecht stehenden Sonne und schläft dabei manchmal für ein Stündchen ein. Das macht gar nichts, denn hier passiert eh nichts, was er versäumen könnte. Herumliegende Kokosnüsse schlägt er mit einer Machete auf. Er trinkt dann die Kokosmilch, nachdem er sie mit schlechtem Rum veredelt hat. Vom Rum hat er mehr als genug. Viele, viele Fässer hatte er von einem Wrack retten können. Er folgte dabei seinem Instinkt. Andere hätten sicherlich nützlichere Dinge vom Wrack geholt, bevor das Schiff ganz unterging. Pablo hielt nun einmal die Fässer für besonders wichtig. Wäre noch Tabak an Bord gewesen, hätte er diesen sicher genauso gerettet. Der Tabak fehlte Pablo. Besonders heute fehlt er, denn er meint es besonders gut mit der Veredelung der Kokosnussmilch und nach der zweiten Nuss summt er Melodisches zwischen

Calypso und Reggae. Er tanzt dazu einen gediegenen Tanz, der eine Affenhorde und einen Papagei auf ihn aufmerksam macht. Die Affen werden ungehalten von Pablos Konkurrenz. Der Stärkste von ihnen lässt sich von einem Ast auf den Strand fallen und dreht sich wie Pablo immer schneller um die eigene Achse. Der Affe stößt ein immer lauteres Geschrei aus dem drohenden Maul. Er beginnt, Scheinangriffe auf Pablo zu starten, die er aber immer kurz vor einem Kontakt abbricht. Beim letzten Scheinangriff schnellt Pablo einen Schritt entgegen und schlägt mit der Faust auf den Affenkopf, dass dessen Eckzähne splittern. Am Affen rührt sich nichts mehr. Die Affenhorde stiebt zurück in den Busch. Als das Fell auf dem heißen Grill zu versengen beginnt, flieht auch der sprachlose Papagei. Pablo bekommt vom schlechten Rum immer schrecklich Hunger und da hatte der Affe einfach Pech.

Was heißt das denn?

Die singen im Radio so oft einen komischen Kram wie ‚luus kontrol‘.

Was heißt das denn?

Keine Ahnung! Aus meinem Radio kommt oft ‚luus mei meind‘.

Was das bedeutet, weiß ich auch nicht.

Aber ‚luus‘ kommt in beiden Radios vor. Das scheint also ein wichtiges Wort zu sein. Muss wohl ein englisches Wort sein.

Du hattest doch Englisch in der Schule. Du musst doch wissen, was es bedeutet.

Nein, war wohl krank!

Oder du hattest wohl gerade nicht aufgepasst! Du Luuser!

Die Absage

Telefongespräch zwischen Doris und Eva:

„Hallo Doris, ich bin es, Eva."

„Ahhh, schön Eva, du wolltest mich bestimmt daran erinnern, dass wir uns heute um 19 Uhr beim Italiener treffen. Ich freue mich schon richtig darauf!"

„Ähh, ja, darum geht es, Doris. Das mit unserem Treffen heute Abend wird leider nichts. Ich habe den Tisch bereits abbestellt."

„Warum das denn? Wir haben uns seit der Schulzeit aus den Augen verloren und haben uns doch sicher eine Menge zu erzählen. Ich habe mich so darauf gefreut."

„Ja, Doris. Du hast recht! Es ist aber etwas dazwischengekommen."

„Was ist denn so wichtig Eva, dass du nicht zu unserer Verabredung kommen kannst?"

„Ja, also, ich will es dir kurz erklären. Der Stiefvater von meiner Cousine hat einen Bekannten, der immer zum Fußball geht. Dort trifft Freddy, so heißt der Bekannte, immer so viele Leute. Die stehen alle in einem Block, so nennt sich ein Teil der Zuschauertribüne. Freddy ist dort sehr beliebt, weil er immer mit seinem lauten Organ passende Schimpfwörter in Richtung der Schiedsrichter ruft. Dann lachen immer alle und manchmal fangen die Leute auch noch das Singen an. So Schmähgesänge in Richtung des Gegners. Ja, der Freddy wäre schon so eine Art unangefochtener Platzhirsch gewesen, wenn der Robby nicht wäre. Der Robby grölt nämlich noch lauter und pöbelt noch verletzender auf gegnerische Spieler, Zuschauer und die Unparteiischen ein. Manchmal schlägt er sich sogar nach Spielschluss mit anderen Hooligans, so nennen die sich, glaube ich. Daher hat der Robby nicht mehr so viele Zähne und sein meist freier Körper zeichnet sich mit vielen Narben und Tätowierungen aus. Ich fragte mich schon, ob Robby die Schmerzen nur erträgt, weil er immer besoffen ist. Jetzt willst du sicherlich von mir wissen, Doris, warum ich das alles weiß, wie es in so einem Fußballblock zugeht. Das kann ich dir genau sagen. Egon, so heißt der Stiefvater von meiner Cousine, hat mich mal mit Freddy verkuppeln wollen. Du kannst dir vorstellen, dass ich nicht sehr begeistert davon war. Trotzdem landete ich ein paar Mal in Freddys Koje und begleitete ihn auch des Öfteren in den besagten Block auf der Zuschauertribüne. Letzten Freitag, als das sehr wichtige Lokalderby stattfand, waren Freddy und Robby in ihrem Element. Abwechselnd, wie in einem Wettbewerb, grölten und pöbelten sie zur Freude der meisten Zuschauer, was das Zeug hielt. Als es mit Freddy ganz durchging, pöbelte er beleidigend in Richtung von Robby. Dieser schmiss sofort einen vollen Becher Bier in Freddys Richtung. Der Becher traf aber mich. Ich stand da wie ein begossener Pudel und alle bogen sich vor Lachen. Das wollte Freddy nicht auf sich sitzen lassen und stürzte auf Robby los, um seiner Hooliganehre gerecht zu werden.

Nur hatte Freddy Pech. Robby war wesentlich flinker und vernichtender in seinen Ausholbewegungen. Um einen fairen Kampf zuzulassen, machte die Menge für die beiden Kontrahenten ausreichend Platz. Der Fußball war für wenige Sekunden, so lang dauerte der Schlagabtausch, nur noch Nebensache. Freddy flüchtete und ließ mich allein. Robby tröstete mich begossenen Pudel, obwohl ich über Freddys Niederlage nicht enttäuscht war, mit einem Zungenkuss. Da hatte ich sofort echte Schmetterlinge im Bauch, Doris. Das musst du mir glauben. Na ja, und jetzt fahre ich gleich mit Robby auswärts nach St. Pauli. Da spielt unsere Mannschaft morgen. Robby und ich machen dort die Nacht durch und gehen dann zum Spiel.

Ja, deshalb kann ich heute nicht mit dir essen gehen, Doris. Du kannst aber gerne dafür mit nach St. Pauli zum Auswärtsspiel mitkommen. Robby hat nichts dagegen. Ich habe ihn extra gefragt."

„Ne, lass mal Eva. Vielleicht ein anderes Mal. Na, dann. Viel Spaß und tschüss, Eva."

„Tschüss, Doris."

Beim Arzt

Patient: Wie geht es Ihnen, Herr Doktor?

Arzt: Schlecht, Herr Züller.

Patient: Wo drückt denn der Schuh?

Arzt: Ich bin mit der Rate meiner Villa im Verzug und der Tank des Porsches ist auch leer.

Patient: Herr Doktor, Sie sehen so schlecht aus, dass ich glaubte, es stünde schlimmer um Sie.

Arzt: Lästern Sie mal. Das Beste kommt noch.

Patient: Jetzt bin ich mal gespannt!

Arzt: Meine Frau ist mit dem Tapezierer durchgebrannt.

Patient: Vielleicht war er nett zu Ihr, Herr Doktor.

Arzt: Passen Sie auf, was Sie sagen. Ich bin auch nett. Sogar zu Ihnen, Herr Züller.

Patient: Der Kleister war wohl so gut. Das muss so eine Art Klebeeffekt gewesen sein.

Arzt: Zum Glück hatte der noch keinen Cent von mir bekommen und der wird auch keinen bekommen.

Patient: Recht so!

Arzt: Wenn ich Ihnen jetzt sage, dass mir für meine Bemühungen an Ihrer Gesundheit wegen der knauserigen Krankenkassen kaum Geld übrigbleibt, sagen Sie dann auch noch ,recht so'?

Patient: Natürlich nicht, Herr Doktor.

Arzt: Und wenn ich Ihnen sage, dass alle meine Bemühungen, für die ich, wie gesagt, kaum Geld

bekommen habe, umsonst waren. Was würden Sie
dann sagen?

Patient: Wie? Das verstehe ich nicht. Behandeln Sie
mich jetzt umsonst?

Arzt: Ich muss wohl etwas direkter werden, da Sie
anscheinend nicht verstehen oder verstehen wollen. Ich wiederhole, trotz aller meiner Bemühungen, für die mir, wie bereits mehrfach erwähnt,
kaum etwas übrigbleibt, haben Sie nicht mehr
lange zu leben, Herr Züller.

Patient: Sie tun mir leid, Herr Doktor! Kein Wunder,
dass Sie so schlecht aussehen. Ich gehe dann mal
lieber. Auf Wiedersehen!

Arzt: Hoffentlich nicht.

Ein Tag

Die Sonne scheint
Ich geh' zum Strand
Mich lachen Frauen an
Was ist los?
Ist es mein Hosenschlitz?
Die Hand geht dort hin
Das ist es nicht!
Es ist einfach nur ein schöner Tag

Vaterleiden

Ich hab' keine Lust mehr, mit den Kindern Kastanien zu sammeln.

Ich hab' keine Lust mehr, Streichhölzer in die Dinger zu stecken, weil der Kindergarten oder die Schule es so will.

Das war mir schon als Kind ein Graus.

Ich hab' keine Lust, Kastanientierchen ins Fenster zu stellen.

Ich hab' keine Lust, Schneemänner zu bauen. Zum Glück fällt nicht mehr so viel Schnee.

Ich will auch nicht mehr an Ostern Eier im Garten verstecken.

Ich hab' keine Lust mehr, Luftballons aufzublasen.

Ich hab' keine Lust mehr, in die Ranzen zu glotzen.

Ich hab' keine Lust mehr zu fragen: Hast du deine Schularbeiten gemacht? Hast du in der Schule aufgepasst? Hast du deine Sachen gepackt? Warum ist der Füller schon wieder weg? Und der Turnbeutel? Die neuen Schuhe! Weißt du, wie teuer die waren? Warum sind die neuen Sachen zerrissen? Warum wirst du bloß immer verkloppt? Das kannst du auch zu Hause haben! Hau doch mal zurück! Wo ist die Mütze geblieben? Hast du deine Zähne geputzt? Mach den Fernseher aus! Genug ist genug! Mach den Computer aus! Das reicht! Mach den Nintendo aus! Du schielst ja schon! Passt auf Viren auf! Passt auf die Fallen im Internet und Handy auf!! Passt auf! Passt auf!

Ihr seid pleite, bevor ihr den ersten Cent verdient habt!

Ich will auch nicht mehr die Klamotten meiner Tochter waschen. Ich weiß nicht, wo die alle her-kommen.

Abends reicht mir auch mal eine Dose Tomaten-fisch. Den Kindern nicht! Papa, wann machst du Hot Dogs? Papa, wann gehen wir zu McDonalds?

Ich will mir nicht mehr dauernd anhören: Papa, kannst du mich abholen? Papa, kannst du mich hin-fahren? Ihr Sohn hat schon wieder in unsere Hecke gepinkelt! Ihre Tochter hat von mir ein Bild ins In-ternet gestellt! Ich zeige Sie an!

Ich will mir nicht mehr anhören: Papa, das will ich haben!

Papa, in unserer Klasse hat jeder einen Laptop. Papa, ich hab' als einzige keine Handyflatrate. Papa, mein Zimmer ist zu klein. Papa, alle anderen fliegen in den Urlaub. Meine Freundin fährt mit den Eltern erst nach St. Moritz und fliegt dann auf die Seychel-len. Warum wir nicht?

Ich will dann nicht mehr sagen: Wir haben kein Geld oder wir schützen durch Verzicht die Umwelt!

Mit Vorlesen bin ich schon lange durch! Ich kann nicht mehr!

Ich will mir nicht mehr anhören: Du hättest doch

keine Kinder haben müssen! Das hast du dir doch so ausgesucht!

Selbst schuld!

Jetzt fehlt mir noch Fridays for Future!

Ich sag' nur, Leute, passt auf! Ich hab' einfach keinen Bock mehr! Ich will nicht mehr!

Was hatten es meine Eltern früher bloß leicht mit mir.

Und ich war schon ein Bandit!

So, jetzt mach ich mir ein Bier auf!

Ein Radfahrer

Ich ging zu Fuß die Bergstraße hinunter, als er mir mit dem Fahrrad vom Wasser her langsam entgegenkam. Sein Schnurrbart hatte die graue Farbe des Trenchcoats, den er trug. Das Rad sah genauso altmodisch aus wie er und durch das Quietschen und Knirschen konnte ich vermuten, dass die Fahrradkette schon lange keinen Tropfen Öl mehr gesehen hatte. Da er bergauf radelte und es stetig steiler wurde, verminderte sich sein Tempo noch weiter. Er fluchte ein wenig, kam ins Schaukeln und stieg schließlich auf meiner Höhe vom Damenrad ab.
Ich grüßte ihn freundlich durch ein Kopfnicken. Nachdem er seine fettigen lockigen Haare hinters Ohr gestrichen hatte, entkam dem schmalen Mund ein: „Grüß Gott!" Der Gruß ist hier schon etwas ungewöhnlich, denn an der Küste ist die Grußformel etwas anders. „Moin Moin!", sagte ich. Das faltige Gesicht, dass einem Westernhelden ähnelte, wurde nun an der Stirn noch faltiger. „Wos sogts?", kam es aus dem Fremden heraus. „Wir sagen hier ‚Moin' oder ‚Moin Moin', wenn wir uns grüßen!" Ich bemerkte seine Irritation. Schweiß stand jetzt auf seiner Stirn und fix öffnete er den Trenchcoat. Jetzt sah ich ein festes, rot kariertes Hemd und die Trachtenlederhose unter dem Mantel. Mit einem zerknitterten Stofftaschentuch wischte der Mann sich

zunächst den Schweiß von der Stirn und schnaubte hinterher in dieses hinein. Nachdem er die Nase trockengerieben hatte, holte er ein Fläschchen Enzian aus dem Mantel, nahm einen langen Schluck, wischte sich den Mund und fragte: „Wo bin i hier?" „Sie sind hier in Kiel!", antwortete ich. Er holte so etwas wie einen Kalender aus einer anderen Manteltasche und blätterte zu den Seiten mit den Landkarten. Angestrengt führte er den Zeigefinger über die kleine Europakarte und versuchte, Kiel zu finden. Ich half ihm schließlich, indem ich auf die Deutschlandkarte umschlug und auf den roten Punkt zwischen den großen blauen Flächen im äußersten Norden zeigte. „Kiel liegt an der Ostsee." Langsam wurde dem Fremden bewusst, dass er zu weit geradelt war. Umso schneller kam dann das Stoßgebet "Sakra, schon wieder. I werd' alt!" Nach einem erneuten Schluck aus der Flasche drehte er mit kurzen Rucken auf der Stelle das Rad in die Gegenrichtung. „I muss zur Resi, Servus!" Er nahm Fahrt auf und beschleunigte bergab in einem Affentempo. Der flatternde Trenchcoat bremste den fremden Radfahrer kaum und er wurde schnell kleiner. Mein ‚Tschüss' konnte er wohl nicht mehr hören. Ich hatte ganz vergessen, was ich eigentlich wollte und machte kehrt.

An die Decke starren

Als er aufwacht, starrt er wie immer an die Decke. Nur dieses Mal liegt er nicht im Bett auf einer weichen Matratze. Er liegt auf den harten Bodenfliesen in der Küche. Was war passiert? Er weiß es nicht. Um die Gedanken zu sortieren, die ihm zufliegen wollen, ist es noch zu früh nach dem Erwachen. Zu sehr quält ihn der Schädel, der sich wie ein Eckhaus anfühlt. Im Mund scheint die Wüste Gobi eingezogen zu sein. Als er seinen Kiefer bewegt, knirscht es im Kopf fürchterlich. Eine Besetzerin der ausgetrockneten Mundhöhle flüchtet summend zu den Artgenossen in Richtung Hosenschlitz. Er haucht aus, was ein Verdurstender in der Wüste von sich gibt: „Wasser!" Nach einer Pause nochmal: „Wasser!" Niemand hört ihn. Er lebt allein und muss selbst mit dieser misslichen Lage in der Küche fertig werden. Langsam bewegt er die Gliedmaßen, um zu testen, ob ein Knochen gebrochen ist. Das reicht, um einige Fliegen in Bewegung zu setzten. Er hat sich nichts gebrochen. Zum Glück. Er kommt zu der nüchternen Erkenntnis, obwohl er keineswegs bereits nüchtern ist, dass es hätte schlimmer ausgehen können. Lediglich zur Toilette hatte er es am Abend zuvor nicht geschafft. Er will nicht, dass es ihm heute Morgen noch einmal passiert und kriecht auf allen Vieren ins Badezimmer. Bevor er sich auf die Schüssel setzt, entledigt er sich der verschmutzten Kleidung. Am Waschbecken hält er den Kopf unter den Hahn und schlürft das lauwarme

Wasser hinunter. Die trockene Zunge und der ausgetrocknete Hals bieten dem Wasser bei den ersten Schlucken einen größeren Widerstand. Dann ist aber der Damm gebrochen und der Nachdurst scheint kein Ende zu nehmen. Jetzt geht es ihm schon besser. Eine kurze Dusche, frische Kleidung und schon ist Bernd wieder ein aufrechter Mensch. In der Küche wischt er die Hinterlassenschaft auf den Fliesen mit dem benutzten Duschtuch weg. „Da wische ich nochmal später hinterher", denkt er sich. Filterkaffee zu kochen, traut er sich nicht zu. Seine Aufmerksamkeit reicht lediglich für einen löslichen Kaffee. „Wo bin ich bloß versackt?", fragt er sich. Hoffentlich haben mich keine Nachbarn oder Kollegen kommen sehen. So ein Blackout hatte er schon lange nicht mehr. Hauptsache ist für ihn, dass er jetzt zu Hause ist und nichts verloren hat außer die Erinnerung an den Abend zuvor. Die Brieftasche ist da und es ist noch ein wenig Münzgeld darin. Das kann schon seine Richtigkeit haben, glaubt er. Bloß das Smartphone muss noch gefunden werden. Er tastet die schmutzigen Klamotten ab. Tatsächlich. Glück gehabt. Es ist auch noch da. Zum Kaffee kommt noch ein Toast mit Honig dazu. Das weckt noch mehr Bernds Lebensgeister. Mit dem Ladekabel muss Bernd das Handy wieder zum Laufen bringen. Nach ein paar Minuten ist es so weit. Das Smartphone verlangt nach dem Passwort. Das kennt Bernd noch. So weit ist alles in Ordnung. Trotz der Bienen im Kopf spult er mit dem Ding eine Routine ab. Nachrichten, Wetter,

Börsenkurse, Mails usw., bevor er sich den sozialen Netzwerken zuwendet. Plötzlich macht das Telefon *Bing* und folgende Meldung eines Internetgiganten erscheint auf dem Display: „Hallo Bernd, wie gefiel es dir gestern im Eroscenter in der Hafenstraße? Wir freuen uns auf deine Bewertung." Uff, das kommt völlig unvorbereitet. Röte steigt in sein Gesicht. Immerhin weiß er, wo er gestern Abend einen zu viel hatte. „Verdammt, war ich allein dort?", fragt er sich. Da melden sich grüne Buttons, um dieses Rätsel für ihn aufzulösen. Zögerlich drückt er auf die grüne Fläche und augenblicklich werden Videos heruntergeladen, die seine Kumpel geschickt haben. Mit noch mehr Schamesröte drückt Bernd auf *Start*. Was er sieht, lässt ihn am Tisch zusammensacken. Er erblickt sich mit einer Flasche Sekt in der einen Hand und in der anderen eine leicht bekleidete Frau. Er tanzt mit dem Gogo-Girl auf einem Tisch wie ein Hottentot. Nachdem er die Flasche auf ex leert, rutscht er jubelnd an einer Stange herunter. In der nächsten Filmsequenz sieht man Bernd mit weiteren Sektflaschen und den dort beschäftigten Damen eine Treppe besteigen, die zu den oberen Stockwerken führt. Mit einem *Bing* fragt ein Kumpel, ob er noch oder wieder am Leben ist. Bernd hat genug gesehen und gehört. Er will das nervige Ding ausschalten und allen Alkohol in seiner Wohnung ins Waschbecken kippen. Zitternd huscht sein Daumen über die Schaltflächen, um das Smartphone herunterzufahren, als ihn noch eine letzte Meldung vom Internetkonzern mit vielen

Sternen und Herzen erreicht: „Wir würden uns freuen, Sie wieder begrüßen zu dürfen!"

Irgendwas

Irgendwas ist mit dem!
Mit wem?
Na, mit dem aus der 7.
Wieso?
Der ist jetzt immer zu Hause und seine Frau fährt das Auto.
Vielleicht ist er seinen Lappen los!
Oder er hat seine Arbeitsstelle verloren.
Oder beides.
Das ist ja schlimm!
Was ist eigentlich, wenn der im Lotto gewonnen hat?
Das wäre noch schlimmer!

256 Freunde

Elf Freunde sollt ihr sein
Oft reicht ein guter Freund oder zwei
Wie bei den Dreien von der Tankstelle
Das war einmal!

Kind: Mama, weißt du wie viele Freunde ich schon habe?

Mutter: Ein paar kenne ich schon, den Nachbarsjungen Fabian, den Martin aus der Schule. Naja, also drei oder vier Freunde, die hast du schon.

K: Nein Mama! Ich habe 256 Freunde, und zwar im Internet. Es ist schön, so viele Freunde zu haben und wir helfen uns oft gegenseitig, Mama.

M: Was heißt das denn, mein Kind? Im Internet helfen?

K: Ja, ein paar von meinen Freunden konnte ich sehr gut helfen. Besonders denen, die einen Notstand hatten.

M: Einen Notstand?

K: So richtig habe ich das auch nicht begriffen, warum ich vor der WEB-Cam die Hose herunterlassen sollte.

M: Du hast vor der WEB-Cam deine Hosen runtergelassen?! Und was passierte dann?

K: Dann hörte sich mein Freund eine Weile so komisch an. Aber dann hat er gesagt, dass ich sein bester Freund bin. Toll, nicht? Und dann habe ich oft noch den anderen Freunden von meinem besten Freund geholfen! Allen, die einen Notstand hatten!

M: Das ist entsetzlich!!! Deine Freunde sind Kinderschänder und Verbrecher!

K: Alle 256???

M: ALLE! Ich gehe sofort zur Polizei!!!

K: Dann sag denen gleich, dass ich vielen meiner Freunde deine Kontonummer gegeben habe, weil sie so wenig Geld haben!

M: HILFE! Kinderschänder und Betrüger!!!

Hier gibt es irgendetwas zu viel!?
Internet, Soziale Netzwerke, WEB-Cams
und 256 Freunde?!

Lauschangriff

Mehrere Verdächtige werden vom Staatsschutz beobachtet. Die Behörde vermutet, dass diese Personen sich zu einer terroristischen Vereinigung zusammenschließen. Pläne und Anschlagsziele dieser mutmaßlich neuen Terrorgruppe sind noch unbekannt. Um zügig darüber Klarheit zu erhalten, werden die Telefone der Zielpersonen abgehört. Das scheint bereits von den Terrorverdächtigen bemerkt worden zu sein. Diesmal treffen sie sich in einer lebhaften Szenekneipe im Studentenviertel. Unweit dessen hat der Staatsschutz in einem schwarzen Bus Position bezogen und die Richtantennen für einen Lauschangriff auf die Kneipe gerichtet. Die Verdächtigen sitzen an zwei nebeneinanderstehenden Tischen. In dem Lokal scheint jeder Gast lauter zu reden als der andere. Geschrei und Gelächter mit Gläsergeklirre wechseln sich an allen Nachbartischen ab. Dazu übertönen oft genug eintönige Bassrhythmen aus dem für das Lokal viel zu großen Lautsprecher die Szenerie. Alle Gespräche werden auf Band mitgeschnitten. Die Aufnahmen haben aufgrund des hohen Geräuschpegels eine sehr schlechte Qualität. Wie durch einen Zerhacker landen die Fetzen von Wörtern und Gemurmel aus den lebhaften Unterhaltungen auf dem Speichermedium. Ein Mithören vor Ort ist unmöglich. Mithilfe von speziellen Computerprogrammen in der Behörde werden die Geräusche und Gesprächsfetzen zusammengefügt. Vieles ist von den anderen Tischen der Kneipe dazugekommen. Die Aufgabe des Staatsschutzes ist jetzt, das durch die Programme Extrahierte richtig zu deuten. Es ist eine sehr schwere Aufgabe!

Aufnahme von Tisch eins:

Hast du schon was getrunken? / Nein, ich habe erst fünf Bier und ein bis drei Kurze gekippt / Und du? / Ich hab mir ein Pferd bestellt! / Ach ne, als CD? / Ne, auf dem Wochenmarkt im Darm verpackt / Ich hasse Fleisch / Ich muss schon sagen / Diese Musik macht mich krank! / Du magst doch auch Blumenkohl / Rede keinen Unsinn / Genau, du hast mich nicht verstanden / Die Musik ist so laut / Ich geh jetzt eine rauchen! / Auf Toilette? / Ne, Klo / Ach so, ich komme mit / Auch rauchen? / Nein, kacken / War nicht morgen Muttertag? / Stimmt, wahrscheinlich hab ich deshalb so einen Durst / Lokalrunde! / Bestellst du dir auch etwas! / Ja, ich glaub einen Rotwein / Der soll auch manchmal blau machen / Kann schon sein! / Halt mal endlich die Fresse / Dann hau mir doch eine rein / Genau / Hast du schon was für die Uni gemacht? / Nö, wieso? / achtzehn / zwanzig / Wer kommt mit mir ins Gebüsch? / Und wenn er kommt? / Dann laufen wir! / Hoch die Tasse! / Prostata. / Es wird wohl wieder ein schwarzbrauner Emu sein! / Der mit vier Beinen? / Davon gehe ich aus / Gründonnerstag arbeiten / Die haben nicht alle Latten am Zaun! / Bestell nochmal ne Runde / Mau Mau / Mein Schluckknorpel juckt / Kannst wieder nicht genug kriegen / Denk dran, du musst noch fahren / Ich glaub mich tritt ein Elch / Meinst du Susi?

Aufnahmen von Tisch zwei:

Mein Gott habe ich einen Durst / Hunger auch? / Nein muss nicht sein / Diese Musik macht mich echt krank / Dann hol dir den gelben Schein / Mach einfach, was dir Spaß macht / Dann trink ich jetzt Alkohol / Schon mal mit Schwarzer Kater probiert / Nein, Sprotten schmecken besser / Die sollen ja gegen Mundfäule helfen / Eher Strohrum / Ach darum / Lieber nicht! / Warum? / Ich bin feuchter Antialkoholiker / Ich vergaß / Besser als ein trockener Anonymer / Lokalrunde! / Ich mag Hunde / Gehen Muschis auch / Wenn sie sich mit meinem Rottweiler vertragen / Blöde Buschbrände / Wo denn? Im Wattenmeer? / Mit Schmerzen schmeckt die Zuckerstange nicht / Käse schließt bei mir nicht den Magen / Schon mal mit 'nem Korken versucht? / Nein, davon kriege ich Atemnot / Helene Fischer? / Die Südsee ist echt kokosnussreich / Ja, da kommen wir nicht mit / Vom Hochsitz ist die Jagd auf Zweibeiner besonders schwer / Vor allem, wenn die Sonne blendet und die im Zickzack laufen / Dafür

114

putze ich heute die Zähne nicht. / Gurgelst wohl lieber!? / Richtig! / Prost! / So jung kommen wir nie wieder zusammen / Bombenstimmung heute / Fährst du mit Taxi? / Lohnt noch nicht / Erst fünf Bier und fünf Klare! / Corona ist doof / Dieter auch! / Der ist nicht ganz dicht! / Fass ohne Boden. / Hau weg die Kacke! / Ich bin heiß! / Auf Doris, was? / Vom Tequila, Mann! / hahah / War nicht war Krieg / Jetzt fang nicht an zu spinnen / Prost! / Man soll fahren, wenn man es nicht mehr aushält! / Weißt du, dass Wombats Würfel kacken? / Was hast du denn geraucht? / Einen noch auf den Weg / Besser zwei / Immer rein in die hohle Nuss/ Ich komm mit! / Wo ist nur mein Autoschlüssel?

Trotz größter Mühen des Gremiums, welches versucht, die vermeintlich versteckten Codes für Anschläge aus dem Lauschangriff zu entschlüsseln, kann es keine Anhaltspunkte für geplante terroristische Straftaten ausmachen. Geleerte Kannen Kaffee, volle Aschenbecher und zerraufte Haare bei den Beamten sind Ergebnis der Auswertung. Sie kommen zu der abschließenden Überzeugung, dass eine Bombenstimmung nicht zum Terrorristen reicht und es sich bei den Verdächtigen nur um harmlose Zecher handelt, um die sich bei den anschließenden Alkoholfahrten die Verkehrspolizei hätte kümmern sollen. Die Beschäftigung mit den ausgefilterten, skurrilen Kurzsätzen und Wortfetzen haben jedoch bei ihnen lange unterdrückte Instinkte geweckt. Der Wunsch nach einem Feierabendbier ist mehr als übermächtig geworden und dem wird auf der Stelle nachgegangen. Die Familien müssen diesmal lange und in Zukunft immer öfter auf sie warten.

Dich

Ich brauche keine Freunde
Ich habe ja mich
Ich brauche keine Gesellschaft
Ich habe ja mich
Ich brauche keine Partys
Ich habe ja mich
Ich brauche keinen Reichtum
Ich habe ja mich
Aber eins brauche ich!
Dich, Jonny Walker
Und Du,
Wenn du keinen mehr hast?
Dann hast du immer noch mich!

Eine Inselbegabung

Von den Bettlern, die am Rand der Fußgängerzone sitzen, fällt mir einer besonders auf. Durch seine Freundlichkeit verwickelt er viele der Passanten in ein Gespräch. Ich war auch schon mal vor einigen Wochen einer seiner Gesprächspartner. Er fragte mich dabei so geschickt aus, dass ich ihm meinen Namen, mein Alter und den Beruf verriet, was man üblicherweise nicht tut, bevor ich aus meiner Hosentasche eine Münze fischte und diese scheppernd in die Blechdose warf. Heute bin ich mal wieder hier, habe etwas Zeit und biege, bevor ich ihn passieren muss, in einen Hauseingang ein. Von hier aus, getarnt durch zwischen uns stehende Kleiderständer, kann ich ihn gut beobachten. Fast jeden Passanten, der etwas Geld in die Büchse legt, spricht der Bettler mit dem Namen an. An den mitgehörten Gesprächen merke ich, dass er über jeden Bescheid weiß. Also musste er schon alle einmal über dies und das ausgefragt haben. Diese Taktik scheint sich für ihn auszuzahlen, denn seine Blechbüchse füllt sich im Vergleich zu den anderen Bettlern wesentlich schneller. Manchmal ist sogar ein Schein dabei, den er flink unter seiner Jacke verschwinden lässt. Ich summiere die gespendeten Beträge ungefähr im Kopf und finde, dass die Bettelei, wenn sie so gekonnt durchgeführt wird, ein ganz erträgliches Geschäft ist. Nach der langen Zeit des Observierens, in der ich schon von anderen mit reichlich misstrauischen Blicken begutachtet wurde, schiebe ich mich aus dem Hauseingang in die Richtung des Bettlers. Es nützt wenig, dass ich meine Mütze tiefer ins Gesicht ziehe: „Herr Finke, seien Sie gegrüßt." Er muss sich alles gemerkt haben, auch wie mir jetzt die Röte aufgrund des Erwischens ins Gesicht schießt. „Ich hoffe, Sie sind nicht von der Steuerfahndung!", fügt er seinem Gruß hinterher. „Nein, nein! Keine Bange. Ich bin echt fasziniert, wie Sie hier die Menschen ansprechen. Auch meinen Namen haben Sie behalten, obwohl es ca. 6 Wochen her ist, dass ich mit Ihnen gesprochen habe. In der Zwischenzeit haben Sie bestimmt hunderte oder sogar tausende Menschen mit deren Namen angesprochen. Das finde ich phänomenal." „Es war am 16. Juni um 15:45 Uhr vor fünfeinhalb Wochen, als Sie das letzte Mal hier waren, Herr Finke. Für mich ist das alles Routine und nichts Besonderes", antwortet der Bettler. „Wie ist denn eigentlich Ihr Name?", frage ich. „Nennen Sie mich einfach Klaus-Dieter!" „Wie kommt es denn, dass Sie hier in der Einkaufszone betteln müssen?", will ich wissen. Er wackelt ein wenig auf seinem Gesäß hin und her, denn es scheint ihm etwas unangenehm zu sein, selbst ausgefragt zu werden. „Herr Finke, ich war einmal ein begehrter

Gedächtniskünstler und trat weltweit in vielen Shows auf. Die Menschen waren begeistert und ich hatte durch meine Auftritte eine Menge Geld verdient. Ich wohnte in einer riesigen Wohnung, hatte ein dickes Auto und eine Menge Freundinnen", gibt er dann doch bereitwillig Auskunft. Seine Augen leuchten, noch bevor ich frage, warum das denn nun nicht mehr so ist. „Ich vergaß, Herr Finke, dass ich den Kredit für das Auto, die Hypothek für die Wohnung und die inzwischen anfallenden Alimente auch bedienen musste, wenn ich nicht mehr so gefragt bin. Tja, das kam ziemlich schnell und jetzt sitze ich hier mit meiner kleinen Show." „Da sind Sie bestimmt nicht der erste Gedächtniskünstler, dem das passiert ist. Das ist sicher eine Berufskrankheit Ihrer Zunft, die wichtigen Sachen einfach zu vergessen." „Das kann schon sein, Herr Finke!" Ich merke, dass ihm das Gespräch guttut und wühle nach einer Münze in der Hosentasche. Ich finde ein Zweieurostück und lege es in die Blechdose. „Danke, Herr Finke! Das Doppelte wie vor fünfeinhalb Wochen." Ich kratze mich kurz unter der Mütze und verabschiede mich vom Bettler: „Dann wünsche ich Ihnen alles Gute Herr, Ähh. Wie war doch gleich Ihr Name?" „Klaus-Dieter, Herr Finke. Nennen Sie mich einfach Klaus-Dieter!" „Na, denn tschüss Klaus - Ähh!"

Golfstrom

Er kennt das Datum schon sehr lange. Der Golfstrom wird am 29. Mai 2039 um 5:45 Uhr die umgekehrte Richtung einnehmen. Wie soll sich Bernd bloß darauf vorbereiten? Er weiß es noch nicht. Jetzt schon Vorräte anzulegen, wäre ein wenig früh, glaubt er. Bier würde bis dahin schlecht werden und Schnaps hätte in der Vorratskammer wenig Chancen, für längere Zeit ungeöffnet zu bleiben. Er ist in einer Zwickmühle, denn wenn alle anderen von der Umkehr Wind bekommen, wäre es vorbei damit, sich in aller Ruhe mit Konserven einzudecken und es gäbe ein Hauen und Stechen um Lebensmittel. Sind der Thunfisch und die Heringe in der Tomatensauce noch in 15 Jahren genießbar? Das ist die Frage. Bernd hat keine Ahnung, ob es richtig ist, sich jetzt zu bevorraten, um dann etwas länger als der Rest der Bevölkerung in Nordeuropa ausharren zu können, wenn sich aus dem Norden die Eismassen der Gletscher viel, viel langsamer als ein Strom Lava auf seine Heimat zuschieben. Bernd könnte sich dann gut versorgt dem Schicksal ergeben. Klimaflüchtling will er auf keinen Fall werden, denn er schimpft auf die, die des Klimas wegen aus Afrika oder sonst woher in den Norden kommen. Dann werden diejenigen sehen, was sie davon haben, denkt er sich. Auf alle Fälle geht Bernd schon einmal in den Supermarkt und sortiert gedanklich alles, was in den Regalen steht in wertvolle und weniger wertvolle Sachen. Ganz lange bleibt er in der Konservenecke und vor dem Schnapsregal stehen. Die ganz wichtigen Dinge notiert er sicherheitshalber auf einem mitgebrachten Zettel, den er sich ausgefüllt für die Stunde X in die Hosentasche steckt. Er ist etwas erleichtert, nachdem er den ersten Schritt dieser vorbereitenden Maßnahme erledigt hat und beschließt, noch ein paar Bier in seiner Stammkneipe zu trinken. Alle, die dort am Tresen stehen, kennt er schon lange. Wie üblich stellen sich mit einigen Schnäpsen nach kurzer Zeit die Schimpfkanonaden auf Ausländer, Klimapolitik, Fleischhasser und Politiker ein. Bernd gibt sich heute während der Debatte besonders trinkfreudig. Irgendwann gegen Mitternacht lallt er, wie die anderen Zecher, nur noch Unverständliches. Der Wirt hat den letzten Schnaps ausgeschenkt und fordert die Stammgäste auf, das Lokal zu verlassen. Er kann nun seine Gäste nicht weiter ertragen und möchte Feierabend machen. Draußen ist es schon lange dunkel, noch sehr warm und schwül an diesem Sommertag. Bernd ist augenblicklich durch die Hitze so benommen, als ob ihm jemand eine Latte an den Hinterkopf geschlagen hätte. Nichts, aber auch gar nichts deutet im Moment auf eine bevorstehende Eiszeit hin. Er schwankt über den

Bürgersteig. Ein Auge hat er zugequetscht, um nicht von entgegenkommenden Fahrzeugen geblendet zu werden. Mit Mühe hält er das Gleichgewicht, um sich aufrecht zu halten. Schweiß läuft von der Stirn ins offene Auge. Bernd greift in die Hosentasche nach einem Taschentuch, um sich die Stirn zu wischen. Dabei befördert er den inzwischen vergessenen Zettel mit den notierten Vorräten hervor. Er kneift die Augen wechselnd auf und zu, um das Geschriebene zu entziffern. Es gelingt ihm nicht in der Dunkelheit. Stattdessen torkelt er ein kleines Stück auf die Fahrbahn. Für einen Moment kann er im Scheinwerferlicht das Wort mit den drei Buchstaben erkennen: *Rum*. Dann gibt es einen Rums. Ein Lieferwagen hat keine Möglichkeit zu bremsen und erfasst ihn frontal. Der Wind trägt den handgeschriebenen Zettel fort. Bernd ist mausetot. Er nimmt den Umkehrtermin des Golfstroms, nämlich den 29. Mai 2039 um 5:45 Uhr mit ins Grab.

Das Gen

Ein Maurer war's
Der hatte eins zu viel
Eins zu viel von diesen Genen
Zunächst bemerkte er davon wenig
Für ihn war es normal
Sein Chef war davon sehr angetan
Ein Maurer mit vier Händen
Der schafft eine ganze Menge mehr
Mehr Mauern und mehr Wände mit mehr Händen
Das ist doch klar
Eines Tages kam er auf die Idee
Mehr Hände, mehr Mauern und mehr Wände
Hey Boss, doppelte Arbeit, doppeltes Geld
Das ist doch klar
Kurzes Schweigen auf der Stelle
Auf der Baustelle
Chef: Maurer, du hast doch n´ Genfehler
Sei froh, dass du Arbeit hast
Jawoll Chef, das war keine gute Idee
Chef: Ich werde mal sehen, was ich für dich tun
kann
Erinnere mich mal nächstes Jahr dran

Ein Umweltliebhaber

Er, der Umweltliebhaber, braucht nicht viel, denn er ist bescheiden.

Klar, im Kühlschrank sollten schon ausgesuchte Biospezialitäten aus aller Welt sein, wie die Mangos oder quadratische Melonen aus Japan. Er kann schließlich nicht mit allem zurückhaltend sein. Das hat auch praktische Gründe. Noch kein einziges Mal war ihm eine Melone aus dem prallvollen großen Kühlschrank entgegengerollt. Er liebt Japan einfach, seitdem er einmal dort war. Die Japaner sind so erfinderisch und Sushi fand er schon früher hipp. Der regionale Boskop ist ok, findet er, denn der hinterlässt wenig Negatives in der Umwelt. Das verrechnet er mit der schädlichen Mangobilanz und ist damit wieder zufrieden mit sich.

Mit dem Urlaub, naja, mit dem kann man wirklich die Umwelt und das Klima belasten. Davon hat er schon länger gehört. Deshalb hat er diesmal ein etwas schlechtes Gewissen, mit seinen Kindern, die sonst bei der Mutter leben, nach Spitzbergen zu reisen, um ihnen Eisbären in freier Natur zu zeigen. Er weiß nämlich, dass es bald dafür zu spät sein wird. Eisbären im sommerlichen Tierpark? Für ihn ist es keine Alternative, sondern Tierquälerei. Umweltaktivisten fahren in einer Regelmäßigkeit nach Spitzbergen, Grönland usw., um auf das Aussterben der weißen Bären aufmerksam zu machen. Mit dem Argument kann man sich doch dem anschließen und später, wie so viele andere auch, darüber einen

Diavortrag halten, meint er. Doch daraus wird nichts, denn bis auf einen ausgestopften sehen sie dort keine Eisbären. Tage zuvor fraß einer eine Frau. Die Kinder haben Angst bekommen, frieren und wollen nach Hause. Es gibt doch noch viel Eis auf Spitzbergen und damit ist es bitterkalt. Außerdem haben sie die Dönerbude vom ersten Tag vermisst.

Zu Hause sind zum Glück noch Ferien für den Lehrer-Papa und die Kinder. Als Wiedergutmachung für die Kleinen ist noch Zeit genug für ein kurzes Aufwärmen am Mittelmeer. Last Minute zwar, jedoch nicht zu billig, denn er macht es nicht sehr oft im Jahr. Die Kinder lieben es, im Pool zu baden. Beim Grillen von Langusten und fangfrischen Seezungen in T-Shirt und kurzer Hose sind die Eisbären schnell vergessen. Abschalten muss auch mal ein Umweltliebhaber, denn sonst geht es alles zu sehr aufs Gemüt. Das muss mal drin sein.

Zu Hause, die Kinder sind wieder bei der Mutter, geht es mit dem Campingbus ein Wochenende lang zum Surfen an die Küste. Hier fühlt er sich wohl unter Gleichgesinnten. Sie schwärmen beim kalifornischen Chardonnay von Whalewatching und der Big Wave auf Hawaii.

In der bescheidenen Vierzimmerwohnung ist es jetzt ohne Kinder ruhig. Für ein paar Nächte teilt er sich gelegentlich ein Zimmer mit einer neuen Freundin, nichts Festes, aus Bescheidenheit. Naja, manchmal auch gegen Bezahlung.

Das Leben ist schön. Hoffentlich bleibt es so. Es müssen nur alle anderen genauso die Umwelt schützen. Dann wird das schon! Ach ja, nächstes Jahr plant er eine Reise nach Südamerika. Dem Tropenwald geht es schlecht. Er will sich vom Schutz eines fußballfeldgroßen Stückes Wald überzeugen, für das er einen Teilbetrag gespendet hat. Mehr kann man wirklich nicht tun für die Umwelt und den Klimaschutz, außer vielleicht noch ein Lastenfahrrad für das Wohnmobil anzuschaffen. Das Surfbrett ist nämlich ziemlich schwer.

Nicht mein Tag

Montag:
Oh, mein Kopf!
Warum habe ich nur verschlafen?!
Heute ist nicht mein Tag!
Dienstag:
Das Auto ist kaputt.
Mist, ich komme wieder zu spät!
Heute ist nicht mein Tag!
Mittwoch:
Mein Chef mahnt zur Pünktlichkeit und mehr Sorgfalt!
Bestimmt hat er noch etwas vergessen.
Heute ist nicht mein Tag!

Donnerstag:
Im Büro den Kaffee über Verträge geschüttet!
Leider hat es der Chef mitbekommen.
Heute ist nicht mein Tag!
Freitag:
Einfach mal früher gegangen.
Denn
heute ist nicht mein Tag!
Samstag:
Klingeln an der Haustür
Kündigung per Einschreiben!
Heute ist nicht mein Tag!

Sonntag:
Ein Kopf wie ein Eckhaus!
War wohl wieder ein Vollrausch.
Heute ist nicht mein Tag!

Montag:
Schlange im Arbeitsamt.
Ist irgendwie seltsam.
Heute ist nicht mein Tag.

Gemeinsamkeiten

Mir geht es heute nicht gut.
Da haben wir etwas gemeinsam!
Wieso?
Mir geht es heute auch schlecht!
Wer hat das denn gesagt?
Na, du hast doch gesagt, dass es dir heute schlecht geht.
Nein, das habe ich nicht gesagt.
Ich habe gesagt, dass es mir heute nicht gut geht!
Dann haben wir doch nichts Gemeinsames?
Davon gehe ich aus.
Weißt du was?
Nein.
Manchmal könnte ich dir richtig was in die Fresse hauen!
Dann haben wir doch noch etwas Gemeinsames.

Falsche Zeit

Er liebt den Strand, er liebt den Sand
Er zieht sich aus und legt sich hin
Er rekelt sich und wendet sich, aber
irgendetwas haut hier nicht hin
Er rekelt sich und wendet sich, aber
irgendwie mollig ist ihm nicht,
dass er sein Ausziehen schon bereut
Nase, Ohren, Finger und der Rest sind rot
Nicht von der Sonne, nein,
denn es scheint schon das Abendrot
Nicht im Sommer, nein, es ist Winter und so bitter-
kalt
Liegt es am Wodka oder Magenbitter, ist doch ziem-
lich gleich
Einfach nur zur falschen Zeit am richtigen Ort
Das ist nicht erfreulich
Ein nur kleiner Fehler lässt ihn zittern, aber
die Zeiten ändern sich

Schlechte Prognose

Im Ärztehaus

Ärztin zur Patientin:
Gerade jetzt, so kurz vor dem 1. Advent, fällt es mir besonders schwer, es Ihnen zu sagen. Sie können sich vielleicht denken, dass es keine frohe Botschaft sein wird. Es tut mir leid für Sie, aber Ihre Krankheit ist unheilbar. Was ich Ihnen rate, ist Folgendes. Versuchen Sie, so gut es geht, Weihnachten mit der Familie zu verbringen. Dann sollten Sie so schnell wie möglich alles Nötige regeln. Damit meine ich nicht nur das Testament, sondern alles andere, was nötig ist.

Patientin:
Frau Doktor, das trifft mich jetzt wie ein Schlag mit dem Hammer. Vor einer Woche komme ich mit einem leichten Husten zu Ihnen und jetzt bin ich eine Todgeweihte. Ich weiß gar nicht, was ich sagen soll. Ich habe doch immer alle Vorsorgeuntersuchungen gemacht.

Ärztin:
Aber dafür machen wir doch die Vorsorgeuntersuchungen, um etwas zu finden. Nur bei Ihnen kam die letzte zu spät. Das ist völlig normal, sich vor den Kopf gestoßen zu fühlen. Wie das Leben so spielt. Schicksal eben.

Patientin:

Frau Doktor, ist da wirklich nichts mehr zu machen? Haben Sie alles bedacht?

Ärztin:

Die Röntgenbilder sprechen da eine deutliche Sprache. Für eine Operation ist es bereits zu spät. Ich habe mich mit mehreren Kollegen beraten. Sie hätten ein bisschen früher kommen müssen. Es tut mir leid! Alles Gute wünsche ich Ihnen.

Ein Jahr später im Ärztehaus

Die gleiche Patientin:

Frau Doktor, welche Weihnachten meinten Sie eigentlich letztes Jahr?

Ärztin:

Wie? Ach ja, Sie! Hatte ich Sie nicht informiert? Dann kann ich es jetzt schnell nachholen! Das waren damals gar nicht Ihre Röntgenbilder, auf die wir die Diagnose gestellt haben.

Patientin:

Da schaffen Sie es nicht, mich schnellstens zu benachrichtigen? Ich bin wie vor den Kopf gestoßen. Genau wie letztes Jahr. Meinen Sie etwa, dass mir in dieser Zeit mein Leben besonders Spaß gemacht hat?

Ärztin:

Sie haben natürlich recht. Aber Sie müssen auch

mich verstehen. Der alltägliche Stress heutzutage ist enorm. Da kann so etwas schon mal passieren. Das müssen Sie zugeben.

Patientin:

Vielleicht!

Ich hätte auch stutzig werden müssen, denn es wurden gar keine Röntgenbilder von mir gemacht.

Ärztin:

Na sehen Sie! Da haben Sie durch ihre Schusseligkeit doch etwas Mitschuld. Bevor ich es vergesse, Ihnen zu sagen, der Patient, von dem die Röntgenbilder stammten, ist tatsächlich kurz nach dem Weihnachtsfest gestorben. Also ein wenig hatte ich dann doch recht.

Patientin:

Stimmt! Dennoch hätten Sie…

Ärztin fällt der Patientin ins Wort:

Freuen Sie sich doch, es gibt Schlimmeres als ein geschenktes Leben und das Testament ist ja nicht umsonst gemacht.

Patientin:

Ich hatte meine Wohnung aber schon gekündigt.

Ärztin:

Ja, man sollte nicht zu voreilig handeln. Aber sonst sind Sie gesund? Ist der Husten inzwischen weg?

Patientin:

Ja.

Ärztin: Schön zu hören!

Kontaktanzeige Chiffre 38755

Hallo! Ich bin ein junger, kinderlieber Mann (35) und suche eine feste Partnerin. Kinder sind also kein Hindernis. Ich habe selbst vier an der Zahl, die aber alle bei den verschiedenen Müttern leben. Daher solltest du dafür Verständnis haben, wenn ich meinen bisherigen und auch zukünftigen Verpflichtungen, die hauptsächlich finanzieller Art sind, nur zum Teil oder gar nicht nachkommen kann. Wenn du Lust auf ein Date hast, würde ich mich freuen. Bitte melde dich bitte unter
Chiffre 38755.

In der Disco

Ich sitz' hier seit Stunden in der Diskothek auf dem Hocker und gucke nach den Damen, ob da etwas geht. Zum Tanzen? Nein! Für die Liebe? Ja! Sie hampeln und strampeln auf dem Zappelrund. Stets hab' ich sie im Auge und zwinker ihnen zu. Sie zieren sich noch, das glaube ich. Die haben noch keinen im Tee. Ich muss nur etwas warten. Dann wird es sicher was. Mit Bier fällt das Warten leichter und Klare machen frischen Mut. Zumindest tut es gut. Dass es den Verstand trübt, wie die eine sagt, ist doch dummes Zeug. Ein paar Schluck weiter kommt der Beweis. Mir ist so nach Tanzen, denn es zuckt ganz doll im Knie. Wie das Zucken es verlangt, zuck' ich wild in Richtung Fläche, ich meine Tanzfläche. Ich fixiere all die Damen auf den Hockern so gut es beim Zucken geht. All die Damen machen Pause, was ich nicht verstehe. Mir ist heiß! Trotz aller Mühe lock' ich keine. Einfach schlimm! Liegt es an Korn und Bier? Oder bin es ich? Eher nicht, wenn ich unter meinen deodorierten Achseln riech'. Ich hab' wohl eine im Auge, doch mir reicht es noch immer nicht. Darum kipp' ich ein paar Schnäpse und kann jetzt kaum mehr stehen. Mit dem Zucken ist es vorbei. Ich halte mich am Tresen fest und schau den anderen zu. Vielleicht will doch noch eine mit mir nach Hause gehen. Oder hat die etwa recht damit, die sagt, ich stinke aus dem Hals. Das nehme ich ihr gar nicht krumm, sondern darauf einen Rum. Dann falle ich um.

Sie

Sie lacht mich an!
Und nun?
Erstmal ein Bier,
Dann ein Korn
Sie lacht noch immer!
Ich frag, was ist mit dir?
Auch ein Bier?

Ein Rentnerleben

Früher hatte Ralf außer zum Frühstück kaum Kontakt mit Alkohol. Das ist jetzt anders. Seitdem seine Frau weg ist, fängt er nach dem Frühstück erst so richtig an zu trinken.

Ralf ist schon lange Rentner und erfreut sich noch bester Gesundheit, so meint er. Da können die Schnäpschen wohl nicht schaden. Ohne Arbeit kann ein Rentnertag ganz schön lang werden, besonders seitdem Renate, seine bessere Hälfte, vor einiger Zeit ausgezogen war. Seitdem leben die beiden getrennt und haben sich nicht mehr gesehen. Renate mochte es nicht und fand es abscheulich, dass ihr Mann, nachdem sie sich zwei Stunden später aus dem Bett geschält hatte, schon am frühen Vormittag nach Fusel roch. In der Regel trank Ralf morgens gerade einmal zwei gut gefüllte Gläser verschiedenster Schnapssorten. Das fand er nicht schlimm. Seine Frau wollte lieber den Tag mit Croissant und gekochtem Ei beginnen, bevor sie ihre prall gefüllte Pillendose gegen Depressionen, Bluthochdruck und allerlei anderer Wehwehchen leerte. Das anschließende Glas Abführmittel soll hier auch nicht vergessen werden. Ralf bot ihr statt gekochtem Ei gelegentlich einen Eierlikör an, den sie dann aufbrausend ablehnte und er diesen anschließend selbst verwertete. Bei Renate

Verständnis für seinen Alkoholkonsum zu wecken, obwohl Ralf im Gegenzug ihre Tablettensucht tolerierte, war zwecklos. Ja, die beiden kamen nicht mehr auf einen Nenner. Ob sie depressiv wurde, weil er mit dem Saufen anfing oder er andersherum mit dem Saufen anfing, weil sie depressiv wurde, konnten sie unter sich nicht sicher klären. Es war schließlich egal. Sicher hingegen war, dass die Abführmittel nicht gegen ihr Übergewicht halfen.

Der Tagesablauf sieht jetzt so aus: Ralf schenkt sich ein drittes Glas Wodka ein. Stets leert er es in einem Zug. Schon bevor er das Haus verlässt, ist er auf Betriebstemperatur. Es ist meist kurz vor elf, wenn er unruhig durch ein Fenster in die Stammkneipe guckt. Die können doch mal etwas früher aufmachen, denkt er sich. Die wissen doch, dass ich Durst habe. Er ist morgens einer der Ersten und abends einer der Letzten in der Kneipe. Die Tage werden mit Bier und Schnaps verbracht. Wenn einmal feste Nahrung dazukommt, ist es Kartoffelsalat mit Würstchen, falls er nicht zwischendurch mit einem Kollaps unter dem Kneipentisch liegt und von der Wirtin mit dem Taxi nach Hause geschickt wird. So läuft es fast täglich, seit Renate weg ist und sich Ralf mal einen gönnt. Mit der Zeit merkt Ralf Veränderungen an sich. Er kann kaum noch etwas ab. Eigentlich kann er bald, weil er nach dem dritten Glas Schnaps schon voll ist, das Haus nicht mehr verlassen und legt sich stattdessen lieber auf die Couch. Das kommt immer öfter vor, dass er es nicht zur Kneipe schafft. Eines Morgens bemerkt er, als die Sonne ins Badezimmer scheint, eine stark gelbliche Färbung seiner Augen und eine beginnende Färbung der knittrigen Haut. Oha, das bedeutet nicht Gutes. So weit kann er noch kombinieren und besorgt sich einen Termin bei seinem Hausarzt. Der Arzt weiß sofort, was los ist und der Bluttest bestätigt es, dass Ralfs Leber kurz vor dem Ende ist. Er ermahnt ihn dringend, sofort auf Alkohol und Tabletten zu verzichten. Eine Einweisung in das Krankenhaus erhält er außerdem. Zitterig packt er zu Hause einen Koffer mit dem Nötigsten und fährt in die Klinik der Stadt. Das Krankenhaus ist bereits überbelegt. Nach langem Warten und einigen Aufnahmeuntersuchungen bekommt Ralf ein Bett in einer Ecke auf dem Flur einer inneren Station zugewiesen. Auch das noch, es ist nicht einmal ein Zimmer für ihn frei. Dafür hat er auf dem Flur einen Blick auf alles, was sich bewegt. Er sieht Besucher kommen und gehen, Patienten, die mit Stühlen transportiert werden und die Pflegerinnen, wie sie in die Zimmer gehen und diese wieder verlassen. Von Weitem wird ein Bett in seine Richtung geschoben. Er sieht zunächst nur das Gestell und die saubere weiße aufgeblähte Bettdecke, von der sich bald ein ungesunder gelber Kopf abhebt. Als das

Bett auf seiner Höhe ist, erkennt er Renate, die heute genau wie er aufgenommen wurde. Ralfs Körper versucht, seinen gelblichen Kopf ins rötliche zu verwandeln. Er schafft es aber nicht. Renate wird nicht blass, sondern noch gelber. „Hallo Ralf! Lange nicht gesehen!" Ralf weiß gar nicht, was er sagen soll. Schließlich kommt ein: „Indeed. Was ist los mit dir?", heraus. „Der Tablettencocktail war über die Zeit doch nicht so optimal. Und bei dir?" „Na ja, der Eierlikör! Der hatte es in sich!"

Von der Fischerin und ihrem Mann
(Ein modernes Märchen)

Ilse ist mit Leib und Seele Fischerin. Sie liebt das Meer, seitdem sie das erste Mal mit ihrem Vater zum Fischen hinausfuhr. Damals gab es noch genug Fisch und der Vater konnte Frau und Tochter Ilse gut vom Fang ernähren. Ja, er brachte es sogar zu etwas Wohlstand. Das ist lange her. Die Eltern sind schon vor Jahren gestorben. Immer öfter, wenn Ilse von See nach Hause kommt, muss sie ihrem Mann Hein, der dann biertrinkend auf der Couch auf sie wartet, vom schlechten Fang berichten. „Das geht uns ganz schön an unsere Substanz. Hoffentlich ist noch genug da, um mir meine kleinen Annehmlichkeiten leisten zu können", bringt er dann stirnrunzelnd zum Ausdruck. Hein ist von ruhiger, fauler Natur und hat sich in der Ehe für die Arbeit an Haus und Herd entschieden. Die harte Arbeit auf See ist nichts für ihn. Selbst bei der Werftüberholung steht er mit einer Flasche Bier neben Ilse und gibt Ratschläge, wie sie was zu machen hätte, ohne selbst einen Finger krumm zu machen. Wenn Ilse ihn einmal auffordert, mit anzupacken, lässt er einfach ein „Go mi aff!", von sich, was so viel heißt wie: „Lass mich bloß in Ruhe" oder „Geht's noch". Dann verzieht er sich in Richtung Haus und macht sich an die Alkoholvorräte, die bedenklich am Schmelzen sind.

Die Suppe muss dann wieder Ilse selbst kochen. „Wenn das so weitergeht mit dem schlechten Fang, haben wir bald kein Geld mehr für Bier, geschweige denn Geld für meinen Tabak", beklagt sich Hein bei Ilse. „Du kannst ja wenigstens mal ein paar Kormorane abknallen, die meine letzten Fische aus den Netzen plündern. Und die Robben erst! Mit denen wird es auch immer schlimmer!" „Nein, nein, da halte ich es mit dem Naturschutz. Wenn sich das nicht bessert, muss ich mir wohl eine andere Frau suchen." Ilse ist geschockt. Sie liebt ihren Mann, auch wenn der meist faul und betrunken herumliegt. Immer länger geht sie auf Fangfahrt, um die Getränke für Hein zu verdienen.

Eines Tages hat sie neben ein paar Flunder einen richtig großen Steinbutt im Netz, der mit Sicherheit einiges an Geld erlösen würde. Ihre Freude über das Tier wandelt sich in Demut, als sich der Steinbutt sprechend als verwunschener Prinz vorstellt: „Bitte lass mich leben, gute Fischersfrau. Du wirst es nicht bereuen. Ich erfülle dir jeden Wunsch, wenn du mich wieder frei lässt!" Die Fischersfrau ist kurz sprachlos, während sie dem flehenden Fisch aufs Maul und die queren Augen schaut. „Okay, ich lass dich wieder schwimmen, wenn du meinem Mann eine Kiste Bier und eine Schachtel Zigaretten vors Sofa zauberst!" „Ist schon erledigt und rufe mich, wenn ich dir weiterhelfen kann!", dann schwimmt der Steinbutt zurück in die Tiefe. Als Ilse nach Hause kommt, liegt Hein qualmend auf der Couch und hat bereits den halben Kasten geleert. Er hört sich freudetrunken die Geschichte vom verwandelten Butt an. „Ilse, rufe den Butt morgen und wünsche dir ein 50 Literfass Bayrisches Bier und eine Stange Zigaretten für mich. Mal sehen, ob das funktioniert. Übrigens habe ich es nicht geschafft, das Essen zu kochen." Am nächsten Tag fährt Ilse mit dem kleinen Kutter zu der Stelle, wo sie den verwunschenen Prinzen frei ließ. „Butt, Butt, Butt, Stein, Butt, Butt, Butt, Prinz!", ruft sie schüchtern in die Wellen. Und tatsächlich, nach wenigen Minuten taucht der Fisch aus der Tiefe und hörte, was Ilse von ihm will. „Lieber Butt, bitte stelle meinem Mann Hein ein 50 Literfass Bayrisches Bier und eine Stange Zigaretten ans Sofa." „Schon erledigt," antwortet der Butt. Zu Hause angekommen zeigt sich Hein sehr zufrieden mit Ilse. „Liebe Ilse, mir ist so langweilig, wenn du auf Fischfang bist. Bitte wünsche dir, dass dein verwunschener Prinz unser Haus in ein Freudenhaus verwandelt. Ich bin sehr gespannt darauf, ob er es mit seinen Zauberkünsten kann. Ach ja, und dann noch bitte soll er mir eine Ganzkörpertätowierung bis zum Kinn verpassen, die ich mir so lange gewünscht habe und mir bisher nicht leisten konnte." Ilse zweifelt, ob das alles so gut sein wird. Aber sie liebt Hein ja und sagt: „Ich

werde es versuchen." Das nächste Mal am Fang-
platz ruft sie erneut den Steinbutt: „Butt, Butt, Butt,
Stein, Butt, Butt, Butt, Prinz!" „Was kann ich jetzt
für dich tun, liebe Fischersfrau?" Ilse äußert die
Wünsche kleinlaut und Schwups taucht der Butt
mit einem: „Schon erledigt!" wieder ab. Die Fischerin hat wieder nicht viel in den Netzen und hofft auf
einen besseren Fang am nächsten Tag. Es ist fast
dunkel, als sie nach Hause ankommt. Gejohle und
Musik aus einer Musikbox hat sie schon aus der
Ferne gehört. Sie traut sich kaum ins Heim. Als sie
es tut, kommt ihr Nikotinqualm und flackerndes
Rotlicht entgegen. Der volltätowierte Hein vergnügt
sich mit mehreren leichtbekleideten Mädchen
gleichzeitig. „Du brauchst heute keine Fischsuppe
kochen, Ilse! Ich habe Sushi kommen lassen." Mehr
Beachtung bekommt sie vom geliebten Mann nicht.
Lautes Geschreie und Musik bis in den frühen Mor-
gen lassen die Fischerin nicht in den Schlaf kom-
men.
Als es bereits hell wird, macht sie sich über volle
Aschenbecher, Schnapsleichen, schlafenden Freu-
denmädchen und einen komatösen Hein auf den
Weg zu den ausgelegten Netzen. Sie kann sich kaum
auf den Beinen halten und es macht ihr sehr große
Mühe, mit Kopfschmerzen die fast leeren Netze ins
Boot zu ziehen. Dann ruft sie ihren Prinzen: „Butt,
Butt, Butt, Stein, Butt, Butt, Butt, Prinz!" Er

erscheint augenblicklich. Wahrscheinlich, weil er die Traurigkeit in Ilses Stimme gehört hat. „Liebe Fischersfrau, was kann ich heute für dich tun?" „Bitte lieber Prinz. Zauber alles zurück, so wie es war, aber ohne Hein! Außerdem schaffe mir bitte diese Kormorane vom Hals, damit ich endlich wieder mehr Fische in den Netzen habe!". „Schon erledigt!", sagt der verwunschene Prinz und taucht ab. Augenblicklich fällt ein hässlich schwarzes Viech mit langem gelbem Schnabel und verdrehtem Hals aus dem Himmel ins Boot. Ilse gibt dem toten Tier noch einen Tritt, dass es ins Wasser fliegt. Der Wunsch ging schon mal in Erfüllung, freut sie sich. Zu Hause angekommen scheint alles ruhig. So wie früher, nur ohne Hein. Sie atmet einmal tief durch und geht ums Haus. Im Garten auf einem Beet, das sie am Sonntag pflegt, ist ein Holzkreuz auf dem steht: „Hier ruht Hein". Ilse kann ein neues Leben als Fischerin anfangen. Und wenn sie nicht gestorben sind - das gilt nicht für Hein - dann leben sie noch heute.

Walter

Walter ist bis zu seinem 93. Geburtstag ein zufriedener und fast immer ein glücklicher Mensch. Durch eine etwas gründlichere Vorsorgeuntersuchung bekommt er eine Diagnose, die vieles verändert. Er ist bis ins Mark erschüttert. Sein Leben lang hatte er mit einem bisher unentdeckten Geburtsfehler leben müssen. Plötzlich ändert sich sein Befinden. Er fühlt sich nicht nur schlecht durch die Mitteilung des Facharztes, sondern es stellen sich auch noch unbekannte Zukunftssorgen bei Walter ein. Walter hatte bisher keinen Gedanken daran verschwendet, dass er einmal gebrechlich oder sein Leben in naher Zukunft zu Ende sein werde. Natürlich hat er kleinere gesundheitliche Zipperlein, aber dagegen gibt es Tabletten. Walter hat noch so viel vor. Die geplante Reise mit der transsibirischen Eisenbahn dieses Jahr will er auf alle Fälle machen. Da lässt er sich durch nichts abhalten. Erst recht nicht davon, dass er seit seiner Geburt nur eine Niere hat. Schließlich hat er schon die Hälfte der Reise angezahlt. Ob er die Durchquerung der Sahara auf einem Kamel im nächsten Jahr machen kann, will er noch mit den Ärzten klären. Dann wäre er vierundneunzig und er meint, dass es in dem Alter noch durchaus machbar sei. Schließlich würden Leute in seinem Alter, das hatte er einmal gelesen, noch mit dem Fallschirmspringen anfangen. Er googelt schon mal vorsorglich, ob und wie viele Dialysezentren in der Sahara existieren, falls seine Niere schlapp macht. Das Ergebnis der Recherche ist für ihn niederschmetternd. Die scheinen dort rar gesät zu sein. Daher ist er nun sehr in Sorge darüber, wenn einer seiner Lebensträume an schlechter gesundheitlicher Versorgung in Afrika scheitern könnte. Walter ist wie aufgedreht. Eine Unruhe lässt die Gedanken durch sein Leben streifen. Wo und wann hätte er merken können, dass er von der Natur nur mit einem Blutwäscheorgan ausgestattet ist? Okay, kürzlich, als er mit seinen Enkeln über die Autobahn gedonnert ist, wurde ihm plötzlich schwarz vor Augen. Dafür konnte doch nicht die fehlende Niere verantwortlich sein. Eher doch lag es am Medikamentencocktail und den zwei Gläsern Wein, die er zum Mittagessen herunterspülte. Zum Glück, vielleicht weil die Kinder so laut schrien, kam er wieder rechtzeitig zu sich, bevor er die Leitplanke rammte. Der Schreck saß tief und er fuhr erst einmal nur mit Richtgeschwindigkeit, also 130 Kilometer pro Stunde, weiter bis zur nächsten Raststätte. Dort goss er ein Schnäpschen darauf. Die Kinder beteten zum ersten Mal in ihrem Leben, als Opa mit dem Mercedes die Fahrt fortsetzte. Zukünftig gingen sie lieber zu Fuß in den Kindergarten und zur Schule, als von Opa Walter im Auto gefahren zu werden.

Weitere Schwächeanfälle sieht er rückblickend nur wenige. Meist gab es sie, wenn er zu tief ins Glas geguckt hatte. Vielleicht war die Sauferei doch zu viel für die eine Niere gewesen oder gerade das Richtige auf lange Sicht. Wer weiß das schon, sagt er sich. Zuviel mit dem Alkohol war es sicher an seinem neunzigsten Geburtstag. Da könnten Niere und Leber einen mitbekommen haben, als er mit Mengen von Korn und Champagner in einem Nachtclub feierte. Morgens weckte ihn eine Putzfrau in einem Separee noch halbwegs volltrunken. Die Nacht und der nächste Tag reichten nicht zum Ausnüchtern. Außerdem bekam er reichlich Ärger von Doris, seiner Frau, die mit den Kindern und Enkeln zu Hause den Geburtstag des Ehemannes feiern wollten und vergeblich warteten. Der Ärger ging Walter echt an die Niere.

Das ist alles noch nicht so lange her und er wünscht sich im Nachhinein, er hätte mit Allem etwas kürzergetreten. Was ist, wenn die Niere tatsächlich schlapp macht? Er erschaudert. Das bedeutet Dialyse und das Ende mit allen Reisen und allen gewohnten Freuden. Falls ihn dieser Schicksalsschlag erwischt, will er sich schon mal vorsorglich auf die Organspendeliste setzen lassen. Morgen will er mit seinem Hausarzt darüber sprechen. Er ist guter Hoffnung, dass dieser sein Okay gibt, denn Walter ist privatversichert und hat Deutschland aufgebaut (das sagt er zumindest immer). Aber man weiß ja nie und die Ungewissheit nagt an ihm. Deshalb genehmigt er sich heute nochmal einen. Nicht zu viel. Nur ein paar Bier und ein paar Schnäpse. Es könnte ja das letzte Mal sein.

Ein Mann

Der sah ja so gesund aus!

Ja, das ist kaum zu verstehen.

Gejoggt hat der viel und zugewunken hat er mir manchmal.

Stimmt, der war immer freundlich.

Und mit dem Fahrrad ist der immer zur Arbeit gefahren.

15 Kilometer! Wahnsinn!

Das muss doch gut für den Kreislauf gewesen sein!

Ja, dick konnte der nicht werden, so wie mein Mann. Der hatte kein Gramm zu viel. Ein echt fitter Typ. Ich wünschte, mein Mann wäre so wie er!

Nun soll das alles einer verstehen, wenn doch Bewegung so gesund sein soll.

Mitte 50 war der erst. Geraucht hat er doch auch nicht, oder?

Ne, ne. Sünde um den Mann.

Ja, nun ist er doot!

Vielleicht waren die 15 Kilometer doch zu viel!?

Das glaube ich nicht. Abends soll er ganz schön gesoffen haben.

Ah ja, deshalb wohl. Schönen Tag noch!

Ja, schönen Tag!

Ein Telefongespräch

Das Telefon klingelt kurz nach dem Mittagsschläfchen.

Der Rentner meldet sich: „Mey…er"

Spreche ich mit Egon Meyer?

Jahhh!

Einen schönen guten Tag, Herr Meyer! Hier ist der telefonische Auftragsservice Ihrer Telekommunikationsgesellschaft. Mein Name ist Drücker!

Tach Herr äh…wie?

Drücker ist mein Name, Herr Meyer. Sie haben doch bei uns seit Längerem ein Entertain-Paket.

Jahhh, äh, enter äh, hab ich, glaub ich?!

Sie haben doch sicher schon gemerkt, dass einige Programme noch nicht frei geschaltet sind.

Nehhh, weiß nicht. Ist was kaputt?

Nein, Herr Meyer, Sie können ganz einfach mehr Programme als jetzt schon empfangen und das sogar in HD. Dazu brauchen Sie nur ein kleines Zusatzpaket bestellen, um noch mehr Leistung zu bekommen. Sie gucken doch sicher abends mal einen Film. Ihr Fernseher ist doch sicher HD-fähig?

Nehhh! HD? Ich guck noch in die Röhre. Filme sind langweilig.

Oder eine Doku!?

Was?

Herr Meyer, Sie schauen dann abends doch mal

sicher eine Dokumentationssendung?

Nehhh!

Wie ist das mit Sport?

Sport? Nehhh, ich glaub ich bin total unsportlich.

Was gucken Sie denn?

Ach, weiß nicht. Nachrichten vielleicht.

Wahrscheinlich im ersten und zweiten Programm, Herr Meyer!

Jahhh, und manchmal im Dritten.

Und wie ist das mit Ihrer Frau? Die guckt doch bestimmt gerne Filme.

Nehhh! Die trinkt lieber Wein und manchmal liest sie die Bild.

Ich habe schon verstanden, Herr Meyer. Das Zusatzpaket ist wohl nichts für Sie.

Nehhh! Kann schon sein. Wenn Sie meinen.

Dann bedanke ich mich, Herr Meyer, für das Gespräch und möchte wissen, ob Sie mit meiner Beratung zufrieden waren.

Jahhhh! Sehr zufrieden!

Dann wünsche ich Ihnen noch einen guten Tag!

Ach, Herr Meyer, fast hätte ich etwas vergessen. Dürfen wir Sie anrufen, wenn das Entertain-Paket günstiger wird?

Jaahhh! Jahhh!

Damit wir Sie wieder anrufen dürfen, mache ich jetzt eine Tonaufzeichnung. Bitte antworten Sie auf meine Frage mit ‚ja'.

Jahhh, aber nur wenn es billiger wird, Herr äh, Dücker.

Ja Herr Meyer, ich starte die Aufnahme und stelle jetzt die Frage: Herr Meyer, dürfen wir Sie wieder bezüglich Ihres Entertain-Paketes anrufen?

Wenn's billiger wird!

Herr Meyer, antworten Sie bitte nur mit ‚ja'! Ich fange noch einmal an!

Herr Meyer, dürfen wir Sie wieder bezüglich Ihres Entertain-Pakets anrufen?

Wenn's billiger wird, schon.

Herr Meyer, noch einmal einen schönen Tag!

Jahhh, danke und rufen Sie mich unbedingt an, wenn es billiger wird!

Ja!

Nicht vergessen, Herr Dücker, jahhh!

Nein!

Wieso Krise?

Die Krise ist noch weit weg
Die Krise ist schon ganz nah
Die Krise hat schon fast begonnen
Die Krise soll man nicht herbeireden
Die Krise hat begonnen
Welche Krise?
Ich krieg ne Krise

Im Bus

Zwei alte Damen unterhalten sich stehend im Bus
Früher standen die Jungen für die Alten noch auf!
Ja, das habe ich auch immer getan! Damals!
Wir waren eben noch gut erzogen!
Genau, bei der BDM und HJ hat man für's Leben gelernt.
Früher war eben alles noch viel besser.
Genau, da gab es noch Zucht und Ordnung.
Und in der Schule haben alle mitgemacht.
Nicht so wie heute!
Die schönen Lieder, die wir gelernt haben, kann ich alle noch.
Die Fahne h…, die Reihen fest…… marschiert….usw.
Ich habe nichts vergessen.
Ja, Ja…. und der großartige Zusammenhalt!
Was war eigentlich mit dem passiert, der nicht mitsingen wollte?
Das weiß ich doch heute nicht mehr.
Jedenfalls war der auf einmal nicht mehr da.
Man kann ja auch nicht alles behalten.
Genau!
Die Fahrausweise bitte!!!
So ein Mist, ich hab' wieder vergessen, eine Karte zu lösen.
Früher wäre mir das nicht passiert.
Mir auch nicht, bei der Rente.

Standhaft?

Erste Kontakte zum Alkohol hatte Kurt schon im Mutterleib. Der Mutter war es, aus welchen Gründen auch immer, egal mit der Abstinenz in der Schwangerschaft. Gaby, so hieß die inzwischen verstorbene Frau, war Alkoholikerin und dem Suff vollständig verfallen. Das war wohl der Hauptgrund, warum Fötus Kurt in den vorgeburtlichen wichtigen Phasen mit Promille umspült wurde. Ob der kleine Kurt auch im Suff gezeugt wurde, ist nicht sicher, aber höchst wahrscheinlich. Das soll ja ab und zu auch bei Nichtalkoholikern vorkommen. Die Vorsorgeuntersuchungen für das ungeborene Leben ließ Gabi genauso sausen wie zum Beispiel die Geburtsvorbereitungskurse. Jemand, der der Vater sein könnte, tauchte während der Schwangerschaft nicht auf und blieb auf ewig unbekannt. Kurt war auf einmal da und schrie mit rotem Köpfchen nach der Muttermilch. An Gabys Dauerpegel änderte sich nach der Geburt nichts und wie fast jedes Baby schmatzte sich Kurt an der Brust müde, trunken von Muttermilch. Wahrscheinlich schalteten Nachbarn das Jugendamt ein, um einmal nach dem Rechten zu sehen. Was die dann vor Ort vorfanden, reichte, um Gaby das Kind vorläufig, so hieß es, wegzunehmen. Kurt kam in eine Pflegefamilie. Obwohl diese schon einige Erfahrung mit Säuglingen hatten, mussten sie alles geben, um den kleinen Kurt mit dem Fläschchen zu sättigen. Kurt drehte sich und schrie, was das Zeug hielt. Irgendetwas fehlte in der Milch, die er sonst von Gaby bekam. Glücklicherweise hatte nach einiger Zeit der kleine Kurt den kalten Entzug überstanden und gedeiht prächtig in seiner Pflegefamilie. Unterdessen verstarb Gaby während einer Feier mit Gleichgesinnten an Herzversagen, ohne den kleinen Wurm wiedergesehen zu haben. Die Pflegeeltern liebten Kurt wie ein eigenes Kind. Er wurde ihr großer Sonnenschein und sie konnten ihn sehr zügig adoptieren. Sein weiteres Leben verlief ohne Kontakt zum Alkohol. Er hatte kein Verlangen danach. Alle Probleme von Kurts Start ins Leben wurden in der Familie nicht weiter thematisiert, denn er hatte scheinbar körperlich und geistig nichts nachbehalten. Im Gegenteil!

Heute ist die Abiturabschlussfeier. Kurt ist gerade 18 Jahre alt geworden und hat eines der besten Zeugnisse im Jahrgang. Bei der Party möchte seine lebenslustige, hübsche Freundin endlich einmal richtig mit Kurt auf die Freundschaft anstoßen. Zwei alkoholische Cocktailgläser in den Händen tragend geht sie lächelnd auf Kurt zu. Fußspitze an Fußspitze stehend führt sie das eine Glas in Richtung Kurts Mund. Der ziert sich und dreht sich weg. Sie sagt: „Sei kein Frosch!" Bleibt Kurt standhaft?

Love

Thomas hat viel in seinem Leben erreicht. So meint er es jedenfalls. Er war mehrmals maßlos auf dem Oktoberfest in München. In seinen Urlauben trank er am Strand vom Ballermann Sangria aus Plastikeimern und ließ kein Stadtteilfest in der Nähe seines Heimatortes aus. Einmal war er sogar besoffen auf der Loveparade in Berlin. Das war so etwas wie ein Highlight in seinem Trinkerleben, an das er sich leider nur noch bruchstückhaft erinnern kann. Dass er wie tausend andere Technojünger kostümiert und berauscht den Kopf zu den Bassrhythmen schüttelte, war nicht das Besondere. Es war auch nicht besonders, dass er seine Hände den Frauen und Männern auf den Umzugswagen entgegenstreckte, wobei eine Hand für den Becher mit der Getränkemischung reserviert war. Den Filmriss, den er dieses Mal bei der Loveparade bekam, nachdem ihm jemand antanzend etwas in sein Getränk schüttete, der war heftig und langanhaltend. So etwas hatte er bis dahin nicht erlebt und will er nicht wieder in seinem Leben erleben.

Einen Tag später war das Bassgebumse schon lange verstummt und die Stadtreinigung voll damit beschäftigt, die Straßen in Umzugsnähe der Loveparade zu säubern. Eine Rentnerin führte im Berliner Tiergarten ihren Waldi Gassi. Nachdem Waldi auf an einem größeren Busch seine Marke gesetzt hatte, wollte der Dackel sein Frauchen mit der Leine in den Busch ziehen. Die alte Dame hatte Mühe, den Hund zurückzuhalten. Die Neugier überfiel die Frau dennoch, was den Waldi im Busch interessierte. Sie steckte ihren Kopf in den Busch und vernahm trotz ihrer Schwerhörigkeit so etwas wie monotone Bassrhythmen. Sie vermutete ein verlorengegangenes Radio. Nachdem sich ihre Augen an die Dunkelheit im Busch gewöhnt hatten, konnte sie die Quelle der Rhythmen erkennen. Es war Thomas. Thomas lag nur mit einer Unterhose bekleidet auf dem feuchten, aufgeweichten Boden. Im Winter wäre er sicher schon erfroren gewesen. Nun aber lag er dort, nicht steif, aber regungslos, bis auf seine Wangen und Lippen, die dieses unheimliche, eintönige Bumbum erzeugten. Die von der Rentnerin herbeigerufene Polizei alarmierte sofort zusätzlich den Rettungsdienst, denn der Aufgefundene konnte nicht sprechen und somit nicht seinen Namen preisgeben. Trotz fehlender Krankenkassenkarte wurde Thomas mit Blaulicht ins nächstgelegene Krankenhaus gefahren. Das Polizistenpärchen folgte dem Krankenwagen bis in die Notaufnahme. Bis auf das im Gesicht, was für die Erzeugung der Bumbumtöne nötig war, bewegte sich Thomas Körper noch immer nicht, während er auf einer Trage zur Eingangsuntersuchung gerollt wurde. Schnell umringten neugierig Ärzte und Pflegepersonal die Trage. So ein Fall kommt eben nicht alle Tage vor. Bei der Untersuchung hielt eine Krankenschwester seinen Kopf fest, damit der Arzt mit einer Taschenlampe in Thomas Augen leuchten konnte. In dem Moment, als das zweite Auge an der Reihe war, erwachte Thomas aus seinem Loveparade-Koma. Der Bass verstummte. Thomas erkannte schnell, wo er sich befand. Dann nannte er bereitwillig seinen Namen. Er richtete sich auf und schaute an seinem Körper herunter und gab laut von sich: „Das ist nicht meine!" Das Krankenhauspersonal und die Polizisten guckten sich fragend an, denn er hatte ja nichts weiter dabei, als man ihn auffand. „Das ist nicht meine Unterhose! Ich trage nur weiße! Diese ist schwarz!" Die Anwesenden konnten das natürlich nicht klären und eine Antwort darauf geben. Die Polizisten vermerkten seine Aussage in ihrem Bericht. Auch, dass der Schlitz der falschen Unterhose hinten war.

Krankenzimmer

Zwei weit über neunzig Jahre alte Herren liegen in einem Zimmer im Krankenhaus der Stadt. Das Zimmer 6 ist nicht groß. Die zwei Betten passen gerade und stehen daher nah beieinander. Das ist vorteilhaft für die beiden Patienten bei einer Unterhaltung, wenn sie einmal zeitgleich wach sind, denn ihre Stimmen sind schwach und die Hörgeräte auf Anschlag eingestellt. Manchmal piept es wegen der Rückkopplungen. Aufstehen können die beiden schon lange nicht mehr. Paul und Hans haben sich in den wachen Minuten etwas kennengelernt. Inzwischen duzen sie sich sogar.

Hans: Paul, hast du auch Aktien?
Paul: Meinst du von der Dortmunder Aktienbrauerei?
Hans: Jetzt mal Spaß beiseite! Hast du Aktien? Meine stehen echt gut. Bevor ich hier hereinkam, waren die auf dem Höchststand. Gut, dass ich die immer behalten habe. Der alte Aktienfuchs Kostolany hatte recht damit – kaufen und vergessen.
Paul: Dann kannst du ja eine richtige Sause machen, wenn du hier rauskommst und die Dinger verkauft hast.
Hans: Ne, ne. Ich glaube die behalte ich noch. Das geht noch höher. Wo bist du denn mit deinem Geld

geblieben? Du hast doch als Ingenieur bestimmt gut verdient.

Paul: Ich habe auf Betongold gesetzt. Das steht auch sehr gut. Wenn ich rauskomme, muss ich wohl ins Pflegeheim. Das gehört mir nicht. Dafür gehören mir einige Eigentumswohnungen und Häuser, die gut vermietet sind. Was hast du mit den Dividenden gemacht, Hans?

Hans: Ich war schlau und habe in neue Aktien investiert. Man gönnt sich ja sonst nichts.

Paul: Genau wie ich mit meinen Mieteinnahmen. Die habe ich in neue Immobilien angelegt. Wie du schon gesagt hast, man gönnt sich ja sonst nichts. Wer bekommt deine Aktien, wenn du mal nicht mehr bist?

Hans: Da will ich noch gar nicht daran denken. Ich bin schon lange Witwer und mein Sohn starb mit zweiundsiebzig, bevor er mir einen Enkel schenken konnte. Kein Durchhaltevermögen haben die jungen Burschen heutzutage.

Paul: Da sagst du was. Nichts los mit den jungen Leuten. Ich hatte mal einen Enkel. Aber nur kurz am Telefon. Ich erinnerte mich noch rechtzeitig, dass die Ehe mit meiner verstorbenen Frau kinderlos war. Wie sollte ich da Nachkommen haben? So richtig weiß ich noch nicht, was ich mit den Immobilien machen soll. Meine Haushälterin hatte so Andeutungen gemacht, ob ich ihr nicht wenigstens eine

Wohnung vermachen könnte. Ich glaube eher nicht! Das hat eh noch Zeit. Außerdem hat sie mir nicht einmal frische Unterwäsche gebracht und jetzt liege ich hier im bekleckerten Flügelhemd. Die Bettwäsche ist auch nicht seit Tagen gewechselt.

Hans: Recht so! Bei mir ist es ähnlich. Die muss man zappeln lassen! Wann hängen die uns endlich neue Infusionen an? Mein Schnabelbecher ist unerreichbar und ich vertrockne bald.

Paul: ...und die Astronautenkost. Was würde ich bloß für eine Büchse Bier geben! Die Schlaftabletten können die sich dann sparen!

Hans: Du bist gemein, Paul! Ich sehe sie schon vor mir, die kalte, goldene, verschwitzte Dose in meiner Hand, wie die Öffnung an meinen Mund geführt wird und der schäumende Saft in meine Kehle läuft. Hätten wir doch bloß früher mehr gesoffen! Dann würden wir hier nicht liegen und wären wohl schon lange tot.

Paul: Stimmt! Wieso nur eine Büchse? Eine ganze Palette soll es sein, denn wir brauchen nicht einmal auf Klo, können einfach in den Katheterbeutel laufen lassen. Die Astronautenkost können die sich sonst wo...

Hans: Hör auf zu halluzinieren! Uns wird hier niemand nicht mal eine Büchse bringen.

Paul: Das wird! Da muss man Nägel mit Köpfen machen! Ich biete eine Eigentumswohnung gegen eine

Palette Bier!

Hans: ...und ich einen Posten Bluechip Aktien für die nächste Palette!

Paul ruft: SCHWESTER, SCHWester, Schwester, schweste...

Hans ruft: SCHWESTER, SCHWester, Schwester, schweste...

Dann geht beiden die Energie aus und sie fallen in einen tiefen Mittagsschlaf ohne Mittagessen. Eine Schwester öffnet im Vorbeigehen die Tür und schaut ins Zimmer und sagt zu sich selbst: „So liebe ich meine Patienten. Schön friedlich. Eigentlich müssten Hemden und Bettwäsche gewechselt werden. Das schaffe ich jetzt nicht. Bei dem Personalmangel. Das kann die Spätschicht machen! Wenigstens sind die Katheterbeutel noch leer."

Ein Bewerbungsgespräch

Der Bewerber betritt das Büro der Personalabteilung.

(P)ersonaler: Guten Tag, Herr Müller. Hatten Sie keine gute Fahrt? Sie sind zu spät!

(B)ewerber: Guten Tag, Herr Böhm. So war doch Ihr Name, oder?

P: Nein, fast richtig! Köhn ist mein Name, Herr Müller.

B: Ach, Herr Köhn, der öffentliche Verkehr ist eine Katastrophe.

P: Sie sind mit dem Bus gekommen?

B: Ja, deshalb bin ich ja so verschwitzt! Es ist ein Wunder, dass Sie noch nichts gerochen haben.

P: Nein, habe ich nicht, Herr Müller!

B: Hoffentlich ist das kein schlechtes Zeichen, dass Sie mich nicht riechen können.

P: Lassen wir das erstmal mit dem Geruchssinn. Haben Sie denn kein Auto?

B. Da gibt es noch so eine Sache mit dem Führerschein. Das möchte ich auch erstmal lassen, genau wie mit dem Geruchssinn.

P: Schön, Herr Müller, Sie haben sich bei uns als innerbetrieblicher Bote beworben.

B: Ach, ja?

P: Mmmh! Für die Tätigkeit brauchen wir

jemanden, der absolut verlässlich ist. Sie müssten sehr wichtige Schriftstücke auf die Büros verteilen. Teilweise stehen diese sogar unter Geheimhaltung. Da brauchen wir einen Mitarbeiter, dem wir absolut vertrauen können.

B: Das verstehe ich!

P: Erzählen Sie mal etwas von sich, Herr Müller!

B: Ja, ich bin alles andere als tätig zurzeit und etwas eingerostet. Daher dachte ich, mir mal einen Job zu suchen. Dann kommt mal wieder Bewegung in mein Leben. Immer nur auf der Couch zu liegen, befriedigt nicht vollständig. Da wäre Ihr Job hier schon ideal, um in die Gänge zu kommen. Mit den geheimen Briefen brauchen Sie keine Sorgen zu haben. Ich öffne nicht einmal meine eigene Post. Aber ansonsten bin ich recht zuverlässig. Vielleicht bis auf den Montag. Sonntag habe ich nämlich Stammtisch. Da kann es schon mal vorkommen, na Sie wissen schon, das Bier schmeckt einfach zu gut.

P: Dann sind Sie arbeitslos gemeldet. Das steht nicht in Ihrer Bewerbung. Wer hat die denn geschrieben? Die ist sehr ordentlich und das passt gar nicht zu Ihnen!

B: Bingo! Das war meine Nachbarin. Für eine Flasche Wein übernimmt Sie die Bewerbungen für alle Bewohner in meinem Block. Da kann man schon mal etwas vergessen. Trotzdem haben Sie mich eingeladen und das macht mir sehr große Hoffnung

auf diesen vertrauensvollen Job. Das Arbeitsamt verlangt nun einmal eine bestimmte Anzahl von Bewerbungen, damit die Stütze nicht gestrichen wird. Jetzt muss ich aber gehen, Herr Böhm. Ich habe einen Termin in unserer Spielhalle mit alten Freunden. Sie melden sich dann bei mir, wann ich anfangen soll, ja? Auf Wiedersehen, Herr Böhm!
P: Äh ja, sicher, sicher. Köhn heiße ich…äh

Herr Müller hat den Raum bereits verlassen, als der Personaler noch versucht hinterherzurufen: „Ihre Bewerbungsunterlagen können Sie mitneh…ähh." Dann landet die Mappe im Papierkorb.

Na warte!

Moin, Herr Meier!
Moin, Herr Schulz!
Schulze, Herr Meier! So viel Zeit muss sein!
Moin, Herr Schulze! Der Müller hat schon wieder nicht!
Der hat schon wieder nicht! Das glaub ich nicht!
Doch! Der hatte bis 8 Uhr kein Schnee gefegt.
Und gestreut hat der auch nicht!
Wo doch das Salz so billig ist!
Eine Hand voll Salz für ein paar Meter Weg.
Das tut doch keinem weh!

Müller sagt der Umwelt und den Hunden an den Pfoten.

Der hat sie nicht alle!

Anzeigen tue ich den! Anzeigen tue ich den!

Warten Sie lieber noch!

Wie lange? Warum?

Bis er seine Hecke nicht geschnitten hat!

Und wenn er sie schneidet?

Dann erst recht, wegen der Vogelnester!

Durst?

Willy ist von seiner Frau verlassen worden. Es war ihr wohl zu langweilig mit ihm. Ihr Leben nach Willys Regeln leben zu müssen, gefiel ihr nicht. Der Spaß blieb mit ihm auf der Strecke. Für Willy sind seine Regeln Gesetze in der Beziehung. Irgendwann kam der große Knall und sie blieb von heute auf morgen weg. Willy schien es nichts auszumachen, dass er plötzlich allein war. Er lebte weiter nach seinem Regelwerk. Es kamen sogar noch einige Regeln in seinem Leben hinzu. Er trank jetzt regelmäßig Alkohol und traf sich häufig mit alten Freunden, die auch von ihren Partnerinnen getrennt waren. Manchmal wurde es richtig ausschweifend. So kam er mehrmals in der Woche erst am späten Abend ziemlich angetrunken nach Hause. Sehr oft, wenn Willy einen Tag mit dem Alkohol pausieren wollte, klingelte das Telefon oder es fragte jemand per SMS, ob er noch in der Stammkneipe einen trinken wolle. In der Regel folgte er dann der Anfrage auf ein paar Bier. Trotz des Alkoholkonsums vernachlässigte Willy seine Arbeit und seine körperliche Fitness nicht. Nach wie vor fuhr er viel Rad, joggte und schwamm für sein Leben gerne nach dem Feierabend. Früher nötigte er seine Frau mitzumachen, obwohl diese lieber rauchend und Chips essend vor dem Fernseher saß. Nun musste Willy nur noch sich selbst zwingen, seine eigenen Regeln einzuhalten und er zwang sich gerne dazu.

Heute ist Freitag und das Wochenende hat Willi mit einem Dauerlauf eingeläutet. Er schwitzt sehr, denn es ist Mitte August und furchtbar heiß. Die Sonne knallt auf sein spärlich behaartes Haupt. Dass er manchmal Sterne sieht, spornt ihn eher weiter an, auch noch das Letzte aus sich herauszuholen. Zu Hause angekommen packt er seine Badesachen und schwingt sich auf das Fahrrad, um zum Baggersee zu radeln. Er radelt schneller und schneller. Im Fahrtwind verdunstet der Schweiß und kühlt dabei seine Haut. „Heute mache ich einen umgekehrten Triathlon", sagt er sich selbst in Vorfreude auf das bevorstehende kühle Bad und vielleicht auf ein kühles Bier im Anschluss. Am Ufer des Sees gibt es kaum noch einen freien Platz. Es dauert etwas, bis er eine Stelle für sich und sein Fahrrad findet. Er breitet sein Handtuch aus und entkleidet sich bis auf die Badehose. Willy reckt die Arme in die Höhe, als wollte er die Sonne anbeten. Tatsächlich versucht er damit, den gewachsenen Bierbauch kleiner erscheinen zu lassen. Er möchte vor den weiblichen Blicken mit seinem roten Glatzkopf und dem weißen Körper nicht als Witzfigur erscheinen. Das gelingt ihm allerdings nur teilweise, denn die Prozedur bleibt von einigen Frauen nicht unbemerkt, die sich schmunzelnd wegdrehen. Dabei verpassen sie es, wie Willy seine Schultern wie Turnvater Jahn nach hinten zieht und mit Anlauf ins Wasser rennt. Er rennt und rennt. Gischt spritzt über seinen erhitzten Körper und kühlt ihn sehr schnell ab. Zu schnell, bevor er sich vornüber ins tiefe Nass stürzt. Willy bekommt gar nichts davon mit, wie er bewusstlos wird und ihn seine Beine und Arme wie Bleigewichte nach unten ziehen. Ziemlich schnell läuft Wasser durch Willies Schlund in die Lunge. Hätte sich niemand weggedreht, wäre es vielleicht jemandem aufgefallen, dass er nicht wieder auftaucht. Erst am Abend, als das Fahrrad und seine Sachen wie verwaist zurückbleiben, wundern sich einige Badegäste und rufen schließlich Hilfe. Die heraneilende Feuerwehr hat Taucher mitgebracht, die den Grund an verdächtigen Stellen absuchen. Ein Polizist sichert inzwischen die Habseligkeiten des Vermissten, als ein Taucher mit erhobener Hand zu erkennen gibt, dass er etwas gefunden hat. Ein zweiter Taucher kommt hinzu und sie ziehen die Leiche von Willy an das Ufer des Baggersees. Dass Wiederbelebungsmaßnahmen zwecklos sind, erkennt nicht nur der Notarzt sofort, sondern auch der Polizist, der die Sachen des Ertrunkenen an sich genommen hat. Ein kurzes, lautes Piepen und Vibrieren von Willys Handy veranlasst den Polizisten, das Telefon aufzuheben. Es war eine SMS eingegangen. Der Polizist öffnet die eingegangene Kurzmitteilung von Willys Kumpel: „Hast du noch Durst?"

Das Ende

Ich kam vom Beerdigungskaffee
Die Sonne schien mir aufs schwarze Jackett
Ich schwitzte das Bier aus
Der Durst kam wieder
Ich sah eine Pinte
Und so wie ich sie sah, war ich drin
Die drei Gäste musterten mich
Einer fragte, ob ich vom Kindergeburtstag käme
Ich sagte, so ähnlich und bestellte mir gleich zwei
Bier
Das erste schmeckte gar nicht
Das zweite schmeckte nicht
Die nächsten waren besser
Die drei Gäste waren inzwischen meine Freunde
Mit der Kellnerin hatte ich mich verabredet
Ich war so weit zufrieden
Die Beerdigung war vergessen
Dafür war mir schlecht
Die Freunde meinten, da würde nur Jägermeister
helfen
Ich bestellte sicherheitshalber ein paar mehr davon
Wie ich nach Hause kam, weiß ich nicht
Bis ins Bett schaffte ich es nicht
Das holte ich morgens nach
Zu spät, der Kopf
Ich sehnte mich nach einer Beerdigung!